Questão de HONRA

Romance intertextual com *A Retirada da Laguna*, do Visconde de Taunay

Domingos Pellegrini

MODERNA

COORDENAÇÃO EDITORIAL
Maristela Petrili de Almeida Leite
EDIÇÃO DE TEXTO
Luiz Guasco
ASSISTÊNCIA EDITORIAL
Sônia Valquiria Ascoli
GERÊNCIA DA PREPARAÇÃO E DA REVISÃO
José Gabriel Arroio
REVISÃO
Glaucia Amaral
Taeco Morissawa
GERÊNCIA DE PRODUÇÃO GRÁFICA
Wilson Teodoro Garcia
PROJETO GRÁFICO
Anne Marie Bardot
CAPA
Luiz Fernando Rubio
DIAGRAMAÇÃO
Flavia Maria Susi
SAÍDA DE FILMES
Helio P. de Souza Filho
Luiz A. da Silva
REVISÃO DE FILMES
Liberato Verdile Junior
COORDENAÇÃO DO PCP
Fernando Dalto Degan
IMPRESSÃO E ACABAMENTO
Bartira Gráfica e Editora Ltda.

Dados Internacionais de Catalogação na Publicação (CIP)
(Câmara Brasileira do Livro, SP, Brasil)

Pellegrini Júnior, Domingos, 1949-
Questão de honra : romance intertextual com A Retirada da Laguna, do Visconde de Taunay / Domingos Pellegrini. -- São Paulo : Moderna, 1999.

1. Ficção histórica brasileira 2. Guerra do Paraguai, 1864-1870 -- Literatura infanto-juvenil 3. Retirada da Laguna, 1867 -- Literatura infanto-juvenil I. Título. II. Título: A Retirada da Laguna, do Visconde de Taunay.

99-0080 CDD-869.93081

Índices para catálogo sistemático:
1. Romances históricos : Literatura brasileira 869.93081

ISBN 85-16-02277-3

EDITORA MODERNA LTDA.
Rua Padre Adelino, 758 — Belenzinho
São Paulo — SP — Brasil — CEP 03303-904
Vendas e Atendimento: Tel. (011) 6090-1500
Fax (011) 6090-1501
www.moderna.com.br
1999

Impresso no Brasil

1º edição: Prefeitura Municipal de Curitiba, 1996.

INTRODUÇÃO

Questão de honra é uma novela ou romance curto — como a Guerra do Paraguai, que no entanto foi a mais genocida das Américas.

A Retirada da Laguna é texto clássico da Literatura Brasileira, em que o então tenente Taunay relata a malograda incursão e a bizarramente épica retirada de uma grande coluna do Exército Brasileiro pelos cerrados de Mato Grosso.

Taunay era secretário do Comando, mas haveria um outro secretário, preterido pelo comandante por ser pacifista, o tenente Rufino, militar de carreira na tropa voluntária. Desviado para a retaguarda, Rufino acaba, na retirada acossada pelos paraguaios, cuidando das crianças (sim, pois a coluna levava dezenas delas, além de gado de corte, canhões de artilharia e sonhos de glória dos oficiais entre a miséria dos soldados).

O texto é o ditado do tenente Rufino, décadas depois de encerrada aquela operação, a um menino que adotou durante a marcha forçada pelos cerrados. Rufino planejava escrever um relato sobre a retirada, denunciando o militarismo e a estupidez da guerra, mas Taunay publica seu livro primeiro.

Há uma atração entre os dois homens, que Taunay reconhece e Rufino sempre rejeitará. Só ao final, nesta novela que termina com uma nota de pé de página, o escrevente insinua que poderia ter havido entre os dois homens, não fossem as circunstâncias, uma duradoura amizade, como deveria existir entre os povos.

Essa amizade, no entanto, já está implícita bem antes no texto, quando, a certa altura, os relatos de Taunay e Rufino, que a princípio se contrapõem, com paralelas e diferentes visões da guerra, vão se imiscuindo até se entrelaçarem, inclusive sintaticamente, convivendo no mesmo período frases de um e de outro, expressando até visualmente a amizade.

O Autor

Conseguirá a minha obra o apreço da posteridade?
Não sei de todo; mas este é o meu ardente desejo...

Visconde de Taunay, Memórias

CARTA AO LEITOR

Prezado Leitor

Não sou escritor, mas tive de escolher entre escrever este livro ou uma petição ao Arquivo do Exército.

Pode parecer piada, mas o pedido seria para pesquisar um processo passado logo após a Guerra do Paraguai, para apensar depoimento de meu pai — coisa, aliás, sem qualquer efeito prático, pois o beneficiado, o Visconde de Taunay, há muito está morto, como também meu pai. Mas atendo à promessa que lhe fiz de transcrever seu depoimento sobre a Retirada da Laguna.

Não sou escritor, sou escrevente; um cartorário, só o cidadão especializado em certidões e escrituras, termos e testamentos. Fui treinado e educado por meu pai para essa profissão de pena e fé, como ele dizia. Já estava idoso, com a artrite a lhe moer os ossos, quando resolveu que era questão de honra contar suas lembranças.

A artrite, quem tem sabe, é um sutil devastamento dos ossos dos pés, onde se equilibra o bicho homem, e das mãos, essas construtoras da Humanidade, como dizia ele.

Não se escreve com os dedos entortados pela artrite e, naquele tempo, entre as duas guerras mundiais, as lojas ainda não vendiam gravadores; o jeito para ele foi ditar, em tardes de domingo, na varanda, vendo a noite descer e a lua subir sobre o Rio de Janeiro.

Os ditados, aos quais acrescentei apenas pontuação, saíram duma boca enrugada porém às vezes com um leve sorriso, com o olhar longe no passado. Anotei tudo taquigraficamente, pois meu pai desde cedo me fez fazer todos os cursos, da datilografia então nascente até a telegrafia, que me foi ensinada por um velho ferroviário também veterano do Paraguai.

Meu pai morreu pouco depois de concluir seu depoimento, que queria entregar ao Alto Comando do Exército, sem perceber que poderia tornar-se até motivo de riso — pois creio que, muito mais que um relato militar, é ou parece ser um romance isto que me ditou, com a fluência de quem passara a vida lidando com as palavras e passava a semana escolhendo uma para o ditado de domingo.

Com sua morte, herdei o cartório, que eu já tocava com a competência firmada por ele, e decidi deixar numa gaveta os cadernos de notas. Vivi minha vida, às vezes lembrando daqueles cadernos quando mexia na gaveta; anos e anos, até que resolvi esquecer de vez, embrulhei e enfiei no fundo do mais antigo arquivo do cartório. E então comecei a ter insônia.

Nunca liguei uma coisa à outra. Numa madrugada, porém, sem saber mais o que fazer para passar o tempo, há muito já tendo desistido de tentar dormir, tirei do velho armário o embrulho amarelado, bati o pó, abri, e comecei a ler minha taquigrafia de décadas atrás. Quando vi, estava na escrivaninha transcrevendo aquilo, até quase amanhecer, quando deitei e dormi até meio-dia, como há décadas não acontecia.

Semana a semana, conforme iria aos domingos transcrevendo os cadernos, a insônia iria sumindo, até que cheguei ao ponto final já sem olheiras. Pela primeira vez, tive bom humor para brincar com os netos, era como se renascesse. Resolvi então adicionar esta apresentação e notas de pé de página aos ditados de meu pai, depois de vasculhar sua caixa de correspondência e recortes, onde também achei seus cadernos de notas da guerra.

A artrite, mesmo tão dolorosa, não mata, e lembro que ele morreu do coração, de repente, na varanda, enquanto eu buscava água na cozinha. Tinha pedido — Um gole dágua, meu filho — e, quando voltei com o copo, estava ali já morto. Tinha acabado o último ditado.

Ditando estas palavras, aos oitenta anos, sinto-me tirando uma lança do peito. Naquela luta feroz que chamaram de Batalha de Nhandipá, vi um soldado brasileiro pegar da terra a lança de um paraguaio morto, a tempo de espetar um cavaleiro. O paraguaio caiu do cavalo com a lança no peito, o sabre ainda na mão, mas largou quando viu nossos soldados em volta; ficou olhando o céu, sabendo que não se fazia prisioneiros[1] na Guerra do Paraguai. Com voz torcida de dor, pediu que tirassem a lança antes de ser baleado, e então o que fizeram foi enfiar mais fundo a lança, até ele ficar com o olhar parado.

Eu fiquei com minha lança de remorso no peito a vida toda, desde o dia em que a Comissão de Mérito do Exército me chamou em audiência, depois daquela que ficaria conhecida como "A Retirada da Laguna". Num salão com retratos a óleo de heróis do passado, perguntaram se eu sabia de ato de bravura em combate ou excepcional desempenho militar do tenente Fulano, do capitão Beltrano, do major Ciclano, e eu só dizia não, não, não. Eles me olhavam estranhando, que eu não falava o que queriam; dizia que não lembrava nada, que não tinha visto nada de excepcional. Eu pediria baixa dali a poucos dias, e do Exército não guardaria a não ser uma fotografia. Pretendia escrever um livro sobre aquela bizonha retirada, contando a verdade dos fatos, e podia até me tornar escritor; só esperava sarar a mão direita ferida para começar a escrever, sem saber que há meses o outro secretário militar daquela campanha, o tenente Taunay, também escrevia um livro sobre a Retirada da Laguna.

Então o coronel chefe da comissão perguntou erguendo as sobrancelhas:

— Suponho, então, que o senhor não sabe também de nenhum mérito excepcional do tenente Alfredo d'Escragnolle Taunay…

[1] Este escrevente não aceita a norma gramatical — "não se *faziam* prisioneiros" — por entender que os prisioneiros não podiam aprisionar a si mesmos, como a expressão dá a entender.

Eu apenas disse não. Os coronéis se olharam, pois o tenente Taunay era então um sucesso nacional e um orgulho do Exército, personificando, na sua elegância de bem-nascido, as centenas de pobres homens mortos na retirada, os verdadeiros heróis de quem ninguém se lembra porque não fazem História nem posam para jornais, apenas sofrem a História que os cavalheiros, nos salões, perfumam com seus charutos e enfeitam com suas bravatas.

Era preciso criar heróis da retirada, como quem tira pão de um forno, para transformar num grande feito de armas aquele fiasco do Império. Um Império de um só país, que tinha demorado dois anos para contra-atacar uma invasão de fronteira, organizando a mais lerda das expedições de guerra que decerto já existiu, e que agora tinha de ser transformada em epopéia. Um dos heróis teria de ser Taunay, o jovem estudante de engenharia militar que, mesmo sendo filho de barão e mesmo sendo seu pai um dos conselheiros do Imperador, deixara a escola para ser voluntário naquela que, um dia alguém escreverá a verdade, foi a mais sangrenta e suja das guerras.

A guerra ainda continuava quando fui chamado pela Comissão de Mérito para, com minha palavra acreditada de oficial escrevente, dar mais voz e talvez detalhes àquela farsa medalhesca. Sabia que eu mesmo ia receber uma medalha e uma promoção; afinal, também era um dos sobreviventes da retirada, também tinha comido o pó do Paraguai e do Mato Grosso, também tinha cumprido meu dever do primeiro ao último dia naqueles quase três anos. Mas queriam heróis bonitos e bem-falantes, como Taunay, para os jornais fazerem retratos a pena, inclusive dos heróis em façanhas que nunca aconteceram na realidade, em poses galhardas que só podem fazer rir quem conhece o que é, na prática, a chamada arte da guerra.

— Obrigado, tenente — o coronel nem me olhou* — O senhor está dispensado.

Eu não sabia que Taunay lançaria, dali a meses, o seu *A Retirada da Laguna*, mesmo título do livro que eu também teria quase todo escrito quando saiu o dele. Mas decerto só os títulos coincidiam. *A Retirada da Laguna*, dele, foi escrito em francês e publicado na França, a exibir para as cortes européias, no idioma da moda, a incrível história de uma heróica retirada nos confins do Brasil com o Paraguai. Quando não aceitei lustrar com meu depoimento uma medalha para Taunay, já não tinha motivos para gostar dele, mas ainda não sabia que, com seu livro, ele acabaria matando o meu, que iria parecer simples imitação. E, hoje reconheço, também queimei meu livro porque senti que jamais escreveria tão bem como o Visconde de Taunay.

Não sabia também que Taunay se tornaria o herói maior da retirada, com busto de bronze lá na praça de Nioaque, de onde partimos com três mil soldados para voltar com mil e duzentos. Os documentos oficiais dizem que perdemos apenas oitocentos homens, sem contar as centenas de mortos no caminho de dois mil quilômetros até a fronteira, e sem contar também as mulheres, os índios, os negros escravos de oficiais e dos comerciantes, além dos bois e cães que levamos junto com soldados catados da Bahia a São Paulo, voluntários e fazendeiros, sitiantes ou simplesmente sujeitos a fim de matar uns paraguaios. Mas Taunay deixaria de lado a bizarria daquela tropa de segunda categoria, para narrar apenas, sem rodeios nem galanteios ao Império, o desastre e o milagre que foi aquela retirada.

Assim, apenas mostrando o que viu e o que passamos, deixando a brutalidade da guerra falar pelos fatos, ele ganharia

* Nota do Editor: em várias passagens do texto, o Autor não utiliza sinais de pontuação por julgá-los desnecessários; adota também grafia própria para algumas palavras e dispensa algumas regras gramaticais.

a admiração não só dos que veriam naquilo uma epopéia, como também dos que repudiam as guerras.

Eu, mulato, alferes de infantaria, não sabia também que Taunay seria não só senador como escritor de obra vasta, abolicionista famoso, e lenda nacional. Eu só sabia que tinha motivos de sobra para detestar Alfredo d'Escragnolle Taunay; por isso, quando um dos coronéis tornou a perguntar, intrigado, se eu não sabia mesmo de algum mérito do tenente Taunay, tão citado pelos outros depoentes, nem respondi, o que fez o coronel me chamar a atenção. Não, não sei de nada, senhor, falei olhando as botas. Ainda olhava com surpresa e gratidão minhas novas botas, lembrando de como tinham ficado meus pés na retirada, descalços e tão feridos que eu escondia do médico, tinha medo de ele querer amputar (quando o corpo sofre muito, a cabeça desvaria).

Tinha vontade de dizer àqueles coronéis barrigudos e embigodados que eles nem imaginavam o que era a guerra, e se queriam heróis de verdade, deviam dar uma medalha ao 47. Mas não disse nada, fiquei olhando as botas. Então eles se olharam, me olharam, olharam para os papéis, suspirando — fazer o que? — e me dispensaram. Pelo menos ganhei uma boa folga no Rio de Janeiro, para onde tinham me mandado à disposição dos medalheiros.

Andando pelo porto vi a prostituição, os marinheiros ingleses comprando por mixaria escravas como tinha sido minha mãe, para se servirem delas enquanto o navio estivesse no porto, revendendo para outros marinheiros antes da partida. Recuperavam o investimento e às vezes ainda deixavam a mulher com filho ou sífilis.

Eram reis do Rio os ingleses durante a guerra. Só se falava que engenheiros ingleses comandavam a construção de navios de ferro — que haveriam de romper as fortalezas do Rio Paraguai, dando início à ofensiva final contra o Paraguai, pobre país traído pelo próprio rio. Nas barracas de pinga e churrasco perto do porto, vendia-se, em dinheiro brasileiro e inglês, desde espetinhos de carne a mocinhas da roça. Das portas e janelas putas velhas convidavam, mostrando o que tivessem de mais apresentável, fosse um decote ou um palmo de coxa. Uma mulatinha, decerto menor de idade, mostrava os peitinhos numa janela:

— Vem cá, bem, vamos fazer nenem...

Aquilo me enojou, e eu já andava enjoado do ambiente de quartel, soldados só falando em sexo e taras, oficiais gastando numa noite de bordel o soldo de uma semana. Resolvi então não participar daquele grande festim, eu ia esperar acontecer na minha vida uma mulher decente. Parece incrível que, na esquina seguinte, uma cigana lia a sorte sentada num banquinho; e pegou minha moeda, ficou me olhando as linhas da mão, disse que eu ia fazer uma viagem, que não ia ser boa, mas no fim ia receber vantagens.

— Mas o que você mais quer, não vai ter.

Ciganas, eu sabia, lêem na mão o que se espera que leiam, dizem o que se espera ouvir. Mas aquela cigana me olhou de lado, teve um calafrio, deu a moeda a um mendigo e me disse vá com Deus, meu filho.

— O que mais quero não vou ter? E o que será isso?

— Você sabe, o amor de uma mulher.

Concordei, disse que ela tinha mesmo adivinhado, só que não o meu futuro, mas o passado. A mulatinha continuava a mostrar os peitos a todo homem que passava, e as putas velhas exibiam a língua em contorções que deviam achar sensuais. Apesar de tanta carne em oferta, eu andava escrevendo meu livro e preferi voltar ao quartel. Abri a bolsa de couro que me acompanhou na retirada, encerada por dentro mas, por fora, ainda com cheiro adocicado, tanto que tinha se empapado de sangue. Tirei e comecei a ler os relatórios de Taunay, escritos na campanha como secretário do Estado-Maior, e que eu tinha passado dias copiando. Aliás, eu é que tinha começado a campanha como secretário do Estado-Maior, até ser substituído por ele. Seria mais um motivo para detestar Taunay, se eu estivesse interessado na carreira militar. Motivo maior de ódio eu tinha, Taunay tinha me tomado a única mulher por quem em toda a vida me apaixonei; e era por isso, no fundo, que negava a ele o mérito militar e a glória de herói, como se meu depoimento pudesse anular os dos outros oficiais — que me viam passar com olhos que diziam pobre, pobre Rufino...[2]

Hoje, com as mãos coalhadas de sardas da velhice, não escrevo mais, que a artrite não deixa; estou ditando a meu filho como o comandante me ditava, devagar e claro, pensando bem, antes, para não mandar apagar nem mudar nada depois. As ordens de campanha eram feitas em cópia e com caneta-tinteiro — material que, para um secretário militar, é como a munição para o artilheiro. Lembro das pobres mulas e bois a arrastar, por léguas de cerrado, nossos canhões de aço do último tipo, feitos na Inglaterra e assunto do dia entre os oficiais. Lançavam obuses explosivos, como granadas, mas nem por isso o ferro pesava menos para os bichos.

Caneta e tinta, pelo menos, são leves; e minha primeira lembrança do tenente Taunay é justamente tinta: ele reclamava da tinta, e também dos tinteiros e das penas, no dia em que me apresentei ao major comandante do meu batalhão para receber ordens. Pobre, mulato e com um protetor fraco e

[2] O primeiro ditado de meu pai parou aqui, num acesso de tosse, conforme anotei. Também anotei que ele ditava pausado mas fluente, como se tivesse pensado antes cada frase, pesando cada palavra. Acho que, não fosse o aborto do primeiro livro e a amargura que guardou tanto tempo, poderia ele, sim, ter sido escritor. No segundo ditado, no domingo seguinte, ficou todo o tempo com a caixa de lembranças sobre os joelhos, na verdade uma velha lata de bolachas inglesas, com a data de fabricação ainda legível, 1867, ano da Retirada da Laguna.

patriota, sabia que iam me mandar para a guerra sem apelação. O que não sabia era que ia começar minha guerra pessoal com Taunay, cuja lança só agora vou tirando do peito, reconhecendo portanto que, no fim, ele me venceu, ele me faz ditar este remorso, talvez para ficar num canto de depósito disputando espaço com relatórios puídos e armas obsoletas. Ele escreveu *A Retirada da Laguna*; eu faço a retirada da lança, que seria melhor arrancar eu mesmo escrevendo, se pudesse; ditando, espero que meu escrevente coloque os ponto-e-vírgulas como se eu fosse um Taunay.

Decerto nos exércitos de todo o mundo, desde sempre e para sempre, o médico será respeitado como mistura de pai e anjo, o comandante será falado como deus e o diabo, e os secretários serão tidos como parasitas da tropa. Os músicos sofrerão menos piadas que os escreventes. Os cozinheiros serão para a tropa os verdadeiros ídolos, se forem bons cozinheiros, ou algozes, se não souberem, por exemplo, fazer uma bela sopa de pés de vaca como faziam na nossa retirada. Até os muleiros — aqueles que cuidam dos animais chamados bestas e burros, embora os mais inteligentes porque não se metem na frente das batalhas — até os muleiros têm mérito reconhecido, já porque carregam as tralhas daqueles destacamentos que são a alma da tropa, e que faço questão de grafar com maiúsculas: a Cozinha, a Intendência e a Enfermaria.

A Intendência, por exemplo. Lá estava eu esperando tinta e papel decentes há meses, depois de vinte requisições ao comandante do batalhão, que daqui por diante chamarei apenas Coronel, e de repente lá está também o tenente Taunay exigindo, só que quase em altos brados, tinta e papel decentes! Com as mesmas palavras da minha última requisição, que eu tinha vacilado dias para botar no papel:

— Tinta e papel de-cen-tes!

Ele estava com um uniforme tão novo que o tecido ainda tinha a cera do almoxarifado e os couros rangiam. Mas bradava

— pois um oficial não grita, brada — como se fosse oficial tarimbado:

— Um exército que não tem nem tinta e papel decentes — ele enfatizava o "s" porque nem o comandante sabia falar pela gramática, todo mundo baixava os olhos — Um exército que não tem tinta nem papel decentes, repetiu, não pode ir em frente!

Pegou uma papeleta de ordenança, dessas que o comandante usava para pedir à Intendência mais filés para o Estado-Maior, e simplesmente rasgou:

— Um papel para campanha numa estação de chuvas, como vamos ter por lá — falou como se fosse veterano — tem de ser papel encerado, como usam os franceses!

Era o que eu tinha requisitado, papel francês e tinta inglesa, se possível canetas alemãs[3], *"se o Estado-Maior não pretender que suas comunicações, inclusive as de urgência, por si se extraviem na forma de pasta úmida, que é o que tem resultado de quase todas nossas comunicações já a esta altura da campanha"*. Vejo hoje que a requisição foi redigida em caligrafia já sem capricho e até garranchada mesmo, para bater na vista. E não tinha adiantado nada, as requisições paravam na mesa do comandante e lá ficavam, enquanto continuavam a chegar ali a Uberaba companhias e batalhões para formar a coluna que invadiria o Paraguai pelo Norte.

À espera de mais tropas, a tropa comia por dia vinte bois, e já estávamos ali há meses; de modo que, calculei, na sua formação a coluna consumiu mais que em toda a campanha, e mais material se gastou assim, esperando a partida antes da guerra, que na guerra mesmo. Este seria um dos absurdos que eu narraria em meu livro natimorto. Contaria as farras dos oficiais nos dois meses de estada em Campinas, esperando

[3] Meu pai fuçou velhas anotações na caixa de bolachas, até achar cópia da requisição, que leu com o papel tremendo nas mãos, não sei se por velhice, artrite ou emoção, talvez tudo junto.

sabe Deus o que, entre saraus e jantares, concertos e recitais, enquanto os soldados comiam o rebanho, que era preciso repor antes de marchar novamente, o que obrigava a novo adiamento da partida em cada cidade, em cada pouso ou parada. As mulheres que se juntaram a homens da coluna diziam, com o desbocamento de quem trabalhava para o Exército sem nada ganhar, que, quando a gente chegasse ao Paraguai, a guerra estaria acabada e elas também, lavando a roupa da tropa e ajudando os cozinheiros, além de servir aos homens naquilo que só elas podiam fornecer, e que não é só sexo.

Quanto mais a coluna crescia e se abastecia, mais se confundia nos fardamentos, armas e munições, canhões, arreios e cangalhas, equipamento de acampamento, carroções e carretas, um tal inferno de coisas que parecia nunca iria se mover dali, prisioneira da própria tralha. Fazia mais de ano a coluna se preparava para partir. Ninguém queria se preocupar com papel e canetas decentes, ou podiam até achar luxo meu, já tinha até ouvido uns risinhos e chacotas. E de repente, no entanto, lá estava o tenente Taunay, no seu uniforme novo com botas de couro russo feitas sob medida, sendo ouvido com muito respeito pelo ordenança do Coronel; e de repente entrou o próprio Coronel.

Taunay batia continência batendo também os calcanhares.

— Peço permissão, senhor — falou olhando o infinito — para requisitar material de secretaria.

O Coronel olhou para ele, para mim, perguntou se era idéia minha.

— Não, senhor — Taunay se adiantou — É uma necessidade vital que constatei.

E repetiu as mesmas palavras que eu já tinha enfiado nos ouvidos do Coronel uma dúzia de vezes, mas desta vez ele ouviu. Militares existem dois tipos: os que sem farda parecem desmoronar e os que mesmo pelados continuam vestidos de autoridade. E há também os que, fardados, viram uma espécie de bicho bruto e autoritário, mas, sem farda, viram gente, e o Coronel era um desses. Tinha tirado o dólmã, desabotoando irritado as carreiras de botões, e as botas, perdendo aquele ar de chefe; parecia ficar até menor.

— Muito bem, tenente Taunay. Providencie.

— Pessoalmente, senhor.

Taunay iria mesmo pessoalmente às livrarias da cidade, e até a casas de famílias ricas, requisitando material suficiente para os dois oficiais secretários. Deitou tudo sobre uma mesa da Intendência e dividiu em duas partes; cada um ia chancelar os papéis com seu carimbo e cuidar de seu próprio lote.

— Mais importante que a guarda e o transporte, tenente — falou como se fosse meu superior — é a conservação desse material!

Falou que na Guerra Tal, vamos dizer assim porque não lembro mais qual, o Estado-Maior ficara sem comunicações porque, para acender fogo no inverno, os soldados iam queimando papel. Os outros oficiais riam e ouviam encantados as histórias do tenente Taunay, cuja experiência militar era só de academia, mas logo dominava o rancho dos oficiais como um galo num terreiro, contando histórias e piadas, os ombros reluzindo alamares, as botas sempre brilhando, o cabelo ondeando na testa do jeito que os jornais gostam. No desfile de partida do batalhão, as moças jogariam flores das sacadas para o tenente Taunay, e ele agradeceria tirando o chapéu num gesto largo, como se posando para um desses quadros que pintaram muito na época, *A Partida dos Heróis* ou *Partindo para a Guerra* — aliás, sempre retratando a partida, porque o retorno, oito meses depois, mesmo com a expedição coberta de pretensa glória, seria uma visão repugnante e aterradora. Eu mesmo, sendo homem magro, perderia dezoito quilos, e o tenente Taunay também voltaria do Paraguai com olheiras que só sumiriam depois de meses.

— Mandei fazer duas bolsas para as cópias — disse no dia da partida, apresentando as duas bolsas de couro iguais, com ombreiras tipo mochila, bem fechadas, forradas e enceradas.

Eu não quis, mas o Coronel estava perto e mandou que eu usasse a tal bolsa. Botei aquilo nas costas e montei para a parada um desses cavalos veteranos do Exército, que não se espantam com nada mas também com nada se entusiasmam, e já por isso comecei a gostar dele. Taunay deu a bolsa dele para o ordenança carregar — e montou no seu belo cavalo branco de família, que parecia gostar dos aplausos, desfilava trotando, fazendo volteios. O meu, ao contrário, já devia ter visto tantas paradas que não levava aquilo a sério. Era o cavalo 47, nascido em cocheira da Cavalaria e com muitos oficiais formados no seu lombo; mais algum tempo e seria retirado do serviço. Agora, era mandado para uma guerra decerto pela experiência, porque disposição só tinha para pastar.

— Desfile com garbo, tenente! — o Coronel passou trotando e me falou seco; endireitei as costas, mas o 47 continuou quase arrastando os cascos.

Quando saímos da cidade, olhei para trás e levei um susto: a coluna parecia já um exército em retirada, espremendo-se na estrada, os estandartes dos batalhões pendendo, aqui e ali os artilheiros ajudando os bois a empurrar as carretas com os canhões, entre carroções puxados por bois ou cavalos, soldados a pé, muitos estreando botinas que logo fariam nossas primeiras baixas. Na maioria, aqueles coitados, transformados em soldados de repente, usavam um calçado pesado pela primeira vez na vida, e olhariam espantados as bolhas, acabariam marchando descalços com as botinas penduradas no pescoço. Quanta cena ridícula anotei para meu livro!

Atrás dos quatro batalhões, que se perdiam de vista na poeira, vinham ainda as mulas de carga, a boiada do rancho e os bois de carro de reserva, além dos carroções de comerciantes que seguiam a tropa desde Minas Gerais, vendendo miudezas aos soldados a preços de mercado negro, tudo sacramentado pela Bandeira do Império a tremular na testa da coluna. Imagino que deve ter sido mais ou menos assim a coluna de Gênghis Khan, com suas centenas de concubinas e filhos, a marchar pelas estepes da Ásia dizimando povos e rebanhos. Diferenças, se havia, eram os armamentos e o fato de que nós iríamos dizimar apenas rebanhos...

— Marche com garbo, tenente!

Pois sim. Meu livro iria narrar a trágica farsa que foi nossa marcha de Uberaba à fronteira com o Paraguai, quando perdemos um terço da tropa, de doença e — por incrível que pareça — afogamentos na travessia de rios e pântanos, graças à estupidez da estratégia, que Taunay não deixaria de registrar no seu livro. Desviando de repente do rumo de Corumbá para Miranda "por ordens superiores" — esse desastre de todas as guerras — a coluna teria de atravessar a base da Serra do Maracaju, alagada pela estação das chuvas. *Assim, pois* — relataria Taunay — *estava a expedição condenada a atravessar extensíssima região empestada de febres palustres.*

Foram meses de procissão penosa ou por estradas secas, onde o nariz chegava a sangrar ferido pelo ar áspero, ou por campos alagados, acampando em pântanos por especial incompetência do comandante, perdendo mais homens na Enfermaria do que enfim diante dos paraguaios. Quando o tenente Taunay lançasse seu livro, já decantado pelos jornais, eu estranharia ele começar sua narrativa já quase na fronteira, omitindo aquele martírio que eu chamaria A Marcha da Boiada[4].

[4] Nos meus cadernos taquigrafados, registrei que neste ponto meu pai parou de ditar, com um acesso de tosse, a voz já tão rouca que não conseguiria mesmo continuar. Quando voltamos à varanda em outro domingo, ele trazia o livro de Taunay, com todas as páginas rabiscadas de anotações. Pediu um copo de água e falou, parando para um gole de vez em quando, como se a poeira da Marcha ainda lhe secasse a boca.

A nossa marcha era comandada, na verdade, pelos bois. A tropa tinha de ir na toada da boiada; e, para ter carne para comer adiante, tínhamos de parar uma semana sim, outra não, para os bichos pastarem, enquanto a tropa cuidava dos calos e das feridas. Com os reforços chegados em Uberaba, e com a fome da marcha, agora vinte e quatro bois eram mortos todo dia para alimentar a tropa e também as mulheres e crianças. No começo eram quase trezentas mulheres, ficando muitas pelo caminho, conforme fossem morrendo os maridos e não arranjassem logo outro homem. Deve ter sido uma das últimas, senão a última vez em que um corpo de armas, como o tenente Taunay chamava aquilo, avançou para guerra levando mulheres; na maioria, mulheres de cabos, sargentos, cozinheiros e músicos.

Sim, a coluna tinha uma banda de vinte e quatro músicos, com todos os instrumentos sempre brilhando, o comandante supervisionava pessoalmente. Antes de cada povoado com ao menos uma dúzia de casas ou casebres, o comandante formava a tropa, botando até os bois em ordem, determinando fardamento completo e postura garbosa a todos os batalhões, galopando ao longo da coluna para dar pessoalmente as ordens. Desmontava com o ordenança para trocar de roupa na barraca armada só para isso, e montava para entrar no povoado à frente da banda e atrás apenas da Bandeira.

Mas, para os povoados, melhor seria que nunca estivessem no caminho da coluna. Mesmo a marcha não parando, justamente para evitar o saque, os quintais eram depenados, literalmente: os soldados levavam ovos, galinhas, patos, até cachorros, não necessariamente para companhia. Até oficiais provaram cachorro assado na nossa gloriosa expedição de guerra. E algum pobre sitiante ou rico fazendeiro, no caminho ou nas cercanias, que não escondesse a boiada em algum capoeirão, acabava sem o gado e com um bônus de guerra na mão, um papel que o comandante assinava com muita pose mas que não podia garantir quando seria pago. Primeiro, era preciso ganhar a guerra, e para isso a coluna ia traçando um rastro de saques e assaltos oficiais por milhares de milhas de território brasileiro. Os índios, que iam se ajuntando a nós muito mais pela carne de boi que pela guerra, não conseguiam entender que os soldados e oficiais fizessem o que eles eram proibidos de fazer, como furtar, pilhar, extorquir.

E o grande acontecimento de todos os dias era a matança dos bois.

Mal a tropa arranchava, quatro sargentos magarefes, um de cada batalhão, iam para o mato, com pelotões de ajudantes, para matar cada qual meia dúzia de bois, geralmente pendurando os bichos em árvores, de cabeça para baixo, para a sangria em barricas, que se enchiam em minutos. As mulheres iam atrás dos cozinheiros com panelas para recolher as tripas, baldes para o sangue, sacolas para o cérebro, o rabo, os miúdos. Os cozinheiros enchiam panelões de carne, desossando e deixando os ossos para as sopas das mulheres. Umas cozinhavam fazendo seu próprio fogo, outras em grupos, para aproveitar a mesma fogueira, jogando nos caldeirões tudo que tivessem catado durante o dia: ovos, raízes, abóboras, até frutas do mato e passarinhos, que os soldados matavam a tiro[5].

O rancho regular, servido a cada soldado na própria marmita, quase sempre era um cozido de carne com arroz ou feijão, às vezes mandioca de algum mandiocal que ficava esburacado feito campo de batalha; devem ter sido as marcas mais permanentes de nossa guerra.

---

[5] Hoje sabemos que a ração militar, sem legumes e frutas, dizimou muitos exércitos desde a Antiguidade. Essas sopas das mulheres, com variedade de alimentos, devem ter evitado à coluna muito mais mortes por doenças causadas pelo que hoje chamamos de avitaminose, ou carência de vitaminas. Meu pai dizia ter registrado o nome de muitas dessas mulheres no seu livro inacabado.

Os acampamentos fediam. Por todo lado se topava com latrinas cavadas na terra, urina e estrume de bois, cavalos e cachorros; caldeirões fervendo com buchada ou chouriço, couros amontoados em carretas, para ser trocados por arroz ou fubá nas fazendas e sítios, como se fossem um novo tipo de moeda, que valia tanto mais quanto mais mantimentos tivesse o incauto fazendeiro ou sitiante. Jamais me esquecerei de um capiau que, pitando um palheiro e coçando a cabeça, disse que vendia sim o milho do paiol, mas preferia o pagamento em dinheiro em vez de bônus.

— Se o Brasil perder a guerra — argumentou o comandante — o dinheiro não vai valer nada.

— Pois é, mas esse tal de *bono* — o capiau se coçou — já vale nada desde já, né?

O Coronel até riu, mas o homem ficou mesmo sem o milho, com o paiol já sendo invadido enquanto o Coronel assinava o bônus.

Os soldados reclamavam do calor mas não largavam seus capotes, porque à noite esfriava e na madrugada o orvalho gelava. O tenente Taunay, a bem da verdade, também não largava sua bolsa de papéis, que levava nas costas, tornando-se uma figura ímpar na coluna, um oficial sempre de mochila às costas. Escrevia uma ordem, requisição ou relatório usando como prancheta uma tábua que também levava na mochila, e já montava e partia trotando ligeiro. Para ele, a guerra parecia depender de cada detalhe, mesmo que fosse uma ordem para que a latrina de um batalhão ficasse a contravento de outro batalhão, tudo escrito em linguagem vernácula e com todas as saudações militares e assinaturas floreadas.

Para ele, aquilo era uma aventura; para mim, um mau destino. Pois eu, se não tinha nascido no Exército como o 47, nele passei de rapaz a homem, por decisão do destino. Meu pai, alfaiate, fazia fardas para oficiais, e um coronel me viu a varejar sua biblioteca sempre que meu pai ia lá tirar medidas. Esse coronel me emprestaria um livro, dois, dez — no começo fábulas, no fim até Vieira, Camões, Virgílio e, para encurtar a história, acabaria me adotando, talvez porque tivesse um filho que queria militar mas que só dava para o comércio. Com bolsas de estudo fiz o colégio militar, depois a academia, de onde eu mal saía segundo-tenente e já entrava numa guerra, não voluntário como Taunay, mas por obrigação sem escapatória; não sonhando com batalhas e glórias, como a maioria dos oficiais voluntários e novatos de tropa, mas apenas marchando e procurando não pegar carrapatos ou malária, muito menos varíola[6].

Taunay era um secretário militar eficiente até demais. Depois de cavalgar o dia inteiro, escrevia já antes do rancho as ordens do dia seguinte — e relatórios que o Coronel nem precisava ditar, só assinava, pois diziam os oficiais que o tenente Taunay praticamente adivinhava os pensamentos do comandante. Cada secretário servia a dois batalhões, e era eu quem servia ao comandante na vanguarda, embora às vezes ele fosse para a retaguarda, onde o secretário era Taunay. Taunay exibia tantas habilidades, nessas ocasiões, que o ordenança voltava embasbacado:

— Esse moço sabe mais que general!

O comandante repetia:

---

[6] Meu pai ficava de olhos parados, pensando ou lembrando, com o meio-sorriso quase se abrindo de vez, até que voltava a falar folheando nos joelhos o livro de Taunay. Hoje, transcrevendo esta nota décadas depois, lembro de meu pai a cozinhar em casa, a me fazer chás contra resfriados, a cuidar da casa como cuidava do cartório, cada caneta em seu lugar, cada xícara, cada pêlo da vassoura. Desconfio que ele também deve ter sido um eficiente secretário militar, embora com um pacifismo e uma modéstia que se recusavam a ter disso orgulho.

— É um cadete excepcional.

O ordenança dizia pela centésima vez que o homem falava fluentemente Francês, Inglês e Alemão! O pai era conselheiro do Imperador, podia ter pedido para ficar fora da guerra, mas pedira, isto sim, para ser enviado à luta mais difícil, na Campanha do Norte do Paraguai! De família rica, podia levar uma matula própria, com iguarias até, mas comia o rancho dos soldados, saía a caçar e voltava sempre com caça, os soldados disputavam sua presença nas fogueiras. Era tão talhado para herói que, confesso, desejei que virasse logo estátua, honra que já naquele tempo só era concedida aos mortos.

Quando chegamos à povoação de Miranda, em setembro de 1867, dois anos e dois mil e duzentos quilômetros depois da partida do destacamento inicial do Rio de Janeiro, e depois de andanças e catanças de soldados e equipamentos em São Paulo e Minas, eu já detestava tanto a Coluna de Mato Grosso, como escreviam em grandes letras os jornais, que devo ter transferido esse ódio também para Taunay.

Ele amava o Exército; enquanto eu queria só cumprir meu serviço e pedir baixa com direito a pensão de veterano de guerra. Além disso, em Miranda eu teria também mais um motivo para odiar Taunay; um belo motivo, que atendia pelo nome de Maria de los Angeles, mestiça de espanhol e índia guarani, e que, como mulher de soldado, agora marchava contra o povo da própria mãe[7].

---

[7] Meu pai conferia papéis garranchados na caixa de bolachas. Suspirava, parecendo se conformar com alguma coisa, e continuava a narrativa, avisando que usaria o livro de Taunay para se orientar, até ditando alguns trechos. Assim, será como se os dois livros se entremeassem, como se verá, o que Taunay escreveu e o que meu pai queimou, e que acabaria enfim lhe saindo pela garganta. Os trechos do livro de Taunay irão em itálico no texto.

Poucas linhas Taunay dedicou a Coxim, onde nos atolamos durante semanas, com centenas de soldados e cavalos morrendo do que chamávamos de peste. *Embora sem valor algum estratégico, tinha pelo menos o acampamento de Coxim uma altitude que lhe garantia a salubridade. Não tardou, porém, que a enchente, havendo-o ilhado e isolado, ali passasse a força pelas mais cruéis privações, sofrendo até fome*[8].

Ganhamos fardas novas da intendência de Coxim, mas foi a única boa novidade. Com o rebanho diminuindo, passou-se a matar dezesseis bois por dia em vez de vinte e quatro, depois doze, dez, meia dúzia, e aí já era preciso guarda armada para garantir a desossa contra saques da própria tropa. As mulheres disputavam tripas a tapas. Os índios saíam a caçar, voltavam falando que as águas continuavam a subir. Todos viviam com fome e amontoados nos poucos pontos altos ainda secos; os soldados passavam o dia esperando o rancho e tentando acender fogueiras com lenha molhada. Faltava lenha seca até para o rancho, os cozinheiros faziam fiasco tentando acender fogueiras com lenha molhada, e chegamos a mascar carnes tão duras que engasgavam os cachorros — mas o comandante parecia disposto a sair daquele atoleiro só quando se queimasse o último pau de lenha dos campos ou se matasse o último boi.

Após longas hesitações, forçoso se tornou romper ao acaso, através do pestilento pantanal, onde a coluna foi desde

---

[8] Só no livro *Memórias*, por exigência do autor publicado quase cinqüenta anos depois de sua morte, Taunay revelaria a extensão dos danos causados pela indecisão do comandante, que continuou na região pantanosa apesar dos alertas dos médicos: *Homens quase nus, esquálidos, devorados de fome, no último estado de desalento e miséria, verdadeira tropa de bandidos maltrapilhos... Sem exageração, entre soldados e mulheres, bagageiros, boiadeiros, isto é, tudo quanto constitui a* impedimenta *dos romanos, talvez houvessem morrido mais de duas mil pessoas!* Também conta Taunay, em *Memórias*, que, diante da incompetência da comissão médica, ele mesmo, consultando livro clínico, descobriria que a peste chamada "perneira", por inicialmente endurecer a barriga da perna, era o chamado beribéri, doença causada por falta de alimentos frescos. Meu pai decerto não ficou sabendo, na época, de mais esse mérito de Taunay.

o princípio provada pelas febres. Não conta Taunay que um dos mortos, cabo, deixou viúva a mais linda mulher que decerto já bateu chão com uma tropa. Maria de los Angeles chorou seu morto, enterrou, pegou pela mão o filho menino que mal sabia andar e foi ao comandante. Eu anotava relatório da marcha, que o comandante, aproveitando a parada forçada, ditava com detalhes e com ansiedade, como se ditasse diretamente à História:

— Enfeite a coisa, enfeite a coisa! O senhor escreve muito seco, tenente Rufino! Quem sabe o Taunay devesse ajudar o senhor?

Foi quando o ordenança avisou que a viúva do cabo estava fora da tenda. O Coronel saiu da barraca. Maria tinha os olhos escuros e miúdos dos guaranis, brilhantes como jaboticabas, cabelos também brilhantes de tão negros, mas o sangue também espanhol lhe misturava as feições, além de ser mais clara que a sua raça índia. Falou com voz doce:

— Coronel, os índios dizem que a água vai subir mais. O senhor tem que sair daqui logo.

— Eu não comando índios, comando uma tropa perfeitamente equipada contra qualquer problema. A senhora volte para o seu lugar.

Ao contrário das outras mulheres, que eram tão desbocadas como os soldados, ela falava um Português correto.

— Coronel, o senhor não conhece enchente no Mato Grosso. Se a água cercar, o senhor só sai daqui a quatro meses, se não afogar antes.

Tinha sido educada por um frei missionário, e talvez por isso tivesse uma altivez serena, falava encarando. Taunay chegava nesse momento, chapinhando descalço na grama alagada, as botas penduradas no pescoço e a bolsa de couro nas costas. (Aliás, eu já tinha reconhecido que, sem aquelas bolsas, o serviço de secretaria se desmancharia naquela umidade.)

— A senhora retorne a seu lugar — o Coronel acenou para a sentinela.

Antes do soldado se mexer, ela pegou o menino no colo e virou as costas:

— Querem ficar, fiquem. Eu vou sair daqui!

Ela podia mesmo deixar a coluna, que sobre as mulheres dos soldados não se tinha autoridade. O Coronel pegou o papel que Taunay trazia mas nem olhou, ficou vendo a mulher pegar um burro, que saberia Deus se era da tropa ou da família, começando a ajeitar tralhas e trouxas nas cangalhas. O ordenança estava ali para isso, mas o Coronel gostava de me fazer de moleque de recados:

— Vá dizer àquela mulher que a coluna parte amanhã cedo.

Fui até Maria, que falava para uma roda de mulheres enquanto amarrava as coisas no burro. Dei a notícia, as mulheres saíram gritando pelo acampamento, os soldados festejaram com tiros para o ar e os oficiais fizeram vista grossa para o desperdício.

— O comandante diz também — falei a ela no tumulto — que, precisando de qualquer coisa, deve me procurar.

Quando voltei à barraca, o comandante ditava a Taunay o relatório de campanha, aprovando tantas sugestões do escrevente que logo Taunay era quem ditava e o comandante apenas repetia alto, com um adendozinho ou outro, o que ele já escrevia. Pressenti que ia perder a secretaria do Comando. Mas, em compensação, Maria me procurou naquela mesma noite. Queria proteção:

— Viúva aqui é mais cobiçada que vaca.

Queria ficar perto das barracas do Comando. Como oficial secretário eu dividia uma barraca com o ordenança, mas paguei a ele meio soldo para desocupar sua cama de campanha, onde Maria se instalou agradecida com o menino. O acampamento começava a dormir, a maioria dos homens deitando sobre o capim molhado, para acordar tossindo e espirrando — já havia casos de pneumonia, doença que ali valia por uma condenação.

Fui buscar um prato cheio no rancho dos oficiais, e depois fiquei vendo mãe e filho a comer com as mãos e com os mesmos gestos. Depois ela ficou olhando o prato vazio, que o menino lambeu com um pão; um simples pão murcho era uma das regalias de servir no Comando.

O menino estava tão cansado que dormiu com um pedaço de pão ainda na boca. A barraca era quase escura, só com uma claridadezinha amarela da lamparina. Maria ajeitou o filho nas cobertas e me perguntou, com aqueles olhos negros:

— Eu vou ter que pagar de algum jeito pra você?

— De jeito nenhum — me ajeitei na minha cama, virando de costas para ela, mas demorei muito a dormir pensando nela.

Acordei com o tenente Taunay agachado na entrada da barraca, erguendo a lona com a mão e me falando baixo:

— Bom dia, tenente! Francamente, com o devido respeito, considero meu dever dizer que a sua conduta não é correta.

Lembro até hoje que esfreguei os olhos, pensei que era um pesadelo.

— Fosse eu o comandante, o senhor seria punido.

E levantou, fiquei vendo suas botas molhadas na grama e botei as calças bufando. Eu sempre fui de paz, mas o sangue fervia. Maria me pegou as mãos.

— Eu vou — já pegando a trouxa.

Não dei tempo. Quando vi, estava lá fora agarrando Taunay pelo pescoço. Rolamos embolados, e ele se livrou, me agarrou os braços, as sentinelas me seguraram.

— Deixem ele se acalmar — ele mandou — Está descontrolado.

Pediu que os soldados não contassem ao comandante, e se foi batendo a farda. Fiquei ali, bufando, agarrado por dois brutamontes como são sempre as sentinelas do Comando, até que me acalmei porque, afinal, era mesmo muito melhor que o comandante não soubesse daquilo, ou eu poderia até ficar sem minha pensão. O diabo é que, pelo Código, todo oficial de mesma patente podia advertir outro sobre "comportamento irregular ou desonroso". O comandante não só tolerava como gostava que toda viúva tivesse logo outro homem, para evitar disputas de morte entre a tropa, mas num inquérito não iria admitir isso, muito menos para defender o tenente Rufino, um pobre-diabo de botas esfoladas, contra o nobre filho prodígio do conselheiro do Imperador.

Maria foi para o meio das mulheres com seu burro e bagagem. O corneteiro tocou, começamos a marchar para fora daquele atoleiro sem fim. Dávamos graças de sair dali, sem saber que nem o mais pessimista esperaria o que passamos nos quase quatrocentos quilômetros dali a Miranda. Taunay escreveu apenas que *aí uma epidemia climática de novo gênero, a paralisia reflexa, ou beribéri, acabrunhou a coluna, dizimando-a ainda mais.* Nem víramos ainda um inimigo, *e já um terço de nossa gente perecera*; eis a quanto se resumiu a piedade de Taunay por todos aqueles que tiveram a infelicidade de, por exemplo, sofrer um simples arranhão naquele clima que inflama e envenena toda ferida. A certa altura eram tantos agonizantes gemendo que o comandante mandou instalar a Enfermaria longe do acampamento. O homem é um ser engraçado: o cheiro das latrinas suportava-se; o gemido dos feridos, não.

Mas os oficiais continuavam falando em gloriosos combates, enquanto os artilheiros dos quatro canhões exercitavam tiro sempre que podiam, e os batalhões de atiradores também, o que tinha o mérito de ir aliviando a carga de munição dos animais.

Esse trecho eu chamaria, no meu livro, A Marcha das Águas: água no chão, água de chuva, água encharcando tudo, menos as bolsas de couro encerado inventadas pelo tenente Taunay.

Eu pegava afeto a minha bolsa feita de couro que um dia se movera como aqueles bois ali, e agora ainda servia ao Exército como matéria morta; pelo menos, não poderia mais morrer.

Os cavalos do Pantanal têm casco que não racha na água, e seu focinho tem narinas que se fecham debaixo da água, permitindo pastar a grama alagada. Mas poucos dos nossos cavalos eram pantaneiros, e então, depois de marchar o dia inteiro sem parar, que a planície se alagava mais a cada hora, à noite tínhamos de cortar capim para os animais, tarefa que consumia boa parte da tropa e era indispensável, pois sem capim parariam os bois, e portanto toda a coluna. O Marechal Boi comia toneladas, e os soldados tinham as costas doloridas e as mãos calejadas e rachadas de cortar capim usando as baionetas como foices.

— Nunca um exército usou tanto a baioneta — como perfeito cavalheiro, tinha também bom humor o tenente Taunay.

A cada dia morriam mais cavalos, atacados do que Taunay chamava de *epizootia*, e já havia oficiais a pé. As carretas atoladas tinham de ser puxadas por três ou até quatro juntas de bois e ainda cavalos com cordas, soldados empurrando. Se morresse um paraguaio cada vez que um soldado xingasse aqueles canhões, a população do Paraguai estaria dizimada muitas vezes quando chegássemos a Miranda.

Cada vez mais soldados eram requisitados para ajudar no transporte dos doentes, em padiolas, redes ou *cangalhas semelhantes aos* cacolets *usados pelo exército francês na Argélia*, conforme o ilustrado tenente Taunay.

Numa noite de chuva, acampamos numa esplanada onde, se faltava capim, que foi preciso ir cortar longe, pelo menos era terreno seco e a tropa praticamente caiu de cansaço no chão. Fui procurar Maria, levando bolachas, um pedaço de marmelada e arroz cozido, que ela comeu me agradecendo com os olhos e guardando mais da metade para o menino, que já dormia enrolado num cobertor no chão. A tenda era nada mais que uma lona, esticada sobre quatro paus, com um bolsão de água que a chuva ia enchendo e logo ia desabar com aquilo. Falei que o menino podia ficar doente, ela devia ir para minha barraca.

— Não quero te prejudicar.

Peguei o menino nos braços e ela deixou o burro com uma amiga, fomos para a barraca. Tudo estava úmido ou molhado, a barraca, as camas, a bagagem, mas uma carreta da Intendência sempre vai junto com o Comando e consegui com o intendente um cobertor seco. Ela tornou a agradecer, com os olhos mais que com palavras, e disse que eu era um homem muito bom.

— Gosto de crianças.

Ela ficou sorrindo, como a dizer que a coluna tinha dezenas de crianças além daquele menino; e vi de novo a dúvida em seus olhos.

— Não quero nada de você, falei.

Ela riu:

— Não tenho nada mesmo, além daquele burro velho...

Naquela noite, ouvindo a respiração dela e do menino, compassadas e fungantes naquele inferno de umidade, descobri que estava me apaixonando. E decerto acharia diabólico se me contassem que logo ela se apaixonaria por um músico; isso mesmo, um músico, um jovem tenente que pegaria a viola de um soldado e cantaria umas modinhas de salão... Faltavam poucas jornadas para chegar a Miranda, e deu um invernico de vários dias de céu azul e sol seco, a terra se enxugava e os soldados estavam alegres, fizeram fogueiras e cantavam.

Uma roda cantava em volta duma fogueira, quando aquele oficial pegou a viola do soldado, afinou, dedilhando as cordas jeitosamente, e aplaudiram quando começou a tocar, parado em pé ao lado do fogo, com uma perna no chão e outra erguida sobre uma pedra, dourado pelas chamas, parecendo mais um herói — um semideus. Aí começou a cantar e fizeram silêncio, veio gente de outras fogueiras. Quando acabou, aplaudiram e pediram mais. Ele se fez de rogado, mas desfiou uma segunda, uma terceira e uma quarta canção, enquanto Maria não tirava os olhos dele. A cada música, ela chegava mais perto, pela primeira vez esquecida do menino. Já ao lado dele, pediu certa canção, que ele disse não conhecer. Ela cantarolou, ele foi acompanhando na viola, ela foi elevando a voz, acabou cantando alto, afogueada. Depois Taunay devolveu a viola, e saíram juntos da roda, conversando como velhos conhecidos.

Sim, o herói completo também foi músico, tocando e compondo, como se pode ler em longa e laudatória biobibliografia, na edição que tenho de seu livro[9].

Naquela noite Maria só voltaria à barraca da amiga, onde o menino dormia, quase ao amanhecer — vindo da retaguarda da coluna, onde ficava a barraca de Taunay. Ela decerto vinha sonhando pela escuridão das fogueiras apagadas, assustou comigo. Entreguei mais um pedaço de marmelada:

— Para o menino.

Ela disse que não sabia como agradecer, e me deu um beijo no rosto, que doeu, porque era como se beijasse um irmão.

Chegamos a Miranda para encontrar só ruínas do povoado ocupado pelos paraguaios, que queimaram tudo antes da nossa chegada e se retiraram. Uma praça, duas ruas, um quartel, uma igreja, tudo queimado e arrasado, balas paraguaias encravadas nas paredes. Ficamos ali cento e treze dias, isso mesmo, cento e treze dias, que podem parecer muito para uma expedição de guerra, mas foi o tempo de curar as feridas,

[9] Terceira edição em Francês, com muitos grifos e anotações, que meu pai deve ter lido com auxílio de dicionário. Sei, porém, que sua primeira leitura de *A Retirada da Laguna* foi na biblioteca pública; ele só compraria um exemplar depois de interromper seu próprio livro. No entanto, o livro que usei, para os trechos aqui transcritos, é de edição brasileira, em tradução do filho de Taunay, Affonso — que, apesar do advento da República, continuaria a se assinar visconde.

toda a tropa estava estropiada. O 47 tinha virado um saco de ossos sobre as quatro patas. E, enquanto os bichos e os homens descansavam, continuava a loteria da peste: todo dia, meia dúzia de homens caía doente, e alguns saravam, outros acabavam enterrados ali "no solo sagrado da Pátria", como gostava de falar o comandante.

Em Miranda, aliás, morreria de beribéri até o comandante, e então mandaram outro de Corumbá; mas continuarei a tratar como se os dois fossem um só, apenas mais uma peça naquela enorme máquina de ferro, couro e carne, A Coluna do Mato Grosso, a avançar como uma lesma, deixando uma esteira de mortos e estrume.

A coluna me fez meditar sobre o que nós, humanos, fazemos com os bichos. Tão importante quanto o uso do fogo ou a invenção da escrita foi, decerto, a domesticação dos animais. Uma vaca, por exemplo, além de ser um armazém vivo e ambulante de carne e leite, come capim, que pouco ou nada custa; e vai com prazer atrás do seu dono, levada por uma simples corda ou tangida por qualquer cachorro. É difícil imaginar o que seria de nós sem os bois e vacas, os cavalos e cães, galinhas, porcos e ovelhas, bichos a quem tiramos aquilo que mais prezamos, a liberdade; e a eles engordamos para depois matar; tiramos o leite, o ovo, a lã; fazemos charques, defumados e tantas formas de conservar a carne, sendo cada lingüiça nada mais que um pequeno cadáver desossado. E quando vamos à guerra, o boi vai junto, não para ser jogado na frente de batalha como o cavalo, mas para puxar os canhões até que não possa mais, quando terá sua carne dura fervida em caldeirões a noite inteira, as costelas espetadas em volta de fogueira e os ossos enfim roídos pelos cachorros.

Talvez fosse esta a raiz mais funda de minha antipatia pelo tenente Taunay: ele confiava na Humanidade, na Pátria, no Imperador, no Exército, no Comando, na Bandeira, na Tropa, em Deus e nos anjos — enquanto eu já começava a achar, apenas, que o homem é um bicho ruim[10]. Mas continuo a escrever aquelas palavras com maiúsculas por respeito, temor ou ingênua crença num homem melhor no futuro.

Mal chegou o novo comandante, mandou um engenheiro a Nioaque, a última vila brasileira antes da fronteira. Taunay foi com o engenheiro, para vistoriar as estradas e anunciar nossa chegada à guarnição local, a duzentos quilômetros de Miranda. Numa semana voltaria o tenente Taunay trazendo notícia da missão cumprida, tendo corrido em tempo recorde o trajeto, ganhando assim a confiança do novo chefe.

Já eu continuava a "requisitar" da Intendência, e principalmente das sobras do rancho dos oficiais, comida e doces para Maria e o menino, e também para as crianças amigas do menino e algumas mulheres amigas de Maria. Não que houvesse muita sobra no rancho, mas qualquer osso fazia uma sopa que as crianças tomavam em canecas com os olhos agradecidos.

Maria tanto já me tratava como amigo ou irmão que, um dia, levando o menino a tomar banho num riacho, resolveu se banhar também mas, como um batalhão acampasse por ali, me pediu para vigiar. Quando saiu da água, pediu as roupas e se vestiu na minha frente, conversando sobre as coisas da vida — comida, objetos, gente, animais — e as coisas da guerra — aquelas malditas paradas, os anos de vida empatados ali, os soldados animados pela proximidade do inimigo.

---

[10] É preciso dizer que meu pai não era um simples cartorário; era um homem de grande biblioteca. Creio que seus julgamentos sobre a espécie humana não vinham da amargura ou do ressentimento, mas do conhecimento mesmo da História do Homem, desde antes de ser humano. Lembro de meu pai, num café da manhã, deitando um jornal sobre os joelhos e falando sozinho: Bom, se viemos do macaco, deve ter sido de um tipo bem brabo...

Apesar de mãe, ela tinha os peitinhos duros de índia nova, como cones perfeitos, e eu estendi a mão, ela parou de se enxugar e me olhou com aqueles olhos:

— *Agora* você quer, não é? — como se dissesse *até agora você deu, agora você cobra, não é?*

Pedi desculpas, fui escovar o 47[11].

Na partida de Miranda para Nioaque a banda tocou pela última vez, já desfalcada de meia dúzia de músicos, inclusive o maestro. Não acreditaria que ainda veria aqueles músicos, barrigudos e molengos, a preencher os claros das nossas fileiras, disparando fuzil e espetando com fúria a baioneta...

Levamos meio mês até Nioaque, sabendo que a própria esquisitice dos nomes, naquele confim, indicava já a fronteira que iríamos invadir e, aí sim, começaria a guerra de verdade, quando já parecíamos derrotados pela marcha e pelas doenças.

Mas o clima do planalto acabaria com as epidemias, e o medo de morrer desapareceu da tropa, os soldados cantavam quando entramos em Nioaque. Eu ia de alma negra, vendo como Maria olhava Taunay quando ele aparecia no Comando. Agora, perto do inimigo, os batalhões andavam em formação compacta, e os oficiais se visitavam mais durante o dia, cansando os cavalos à toa pra lá e pra cá. Estavam excitados como meninos diante duma árvore de frutos maduros, esfregando as mãos e decidindo por qual galho começar, na

[11] Meu pai já estava bem doente quando ditou isso, como se falasse sozinho, o olhar perdido no assoalho. Diante da morte próxima, já não devia ter mais qualquer tipo de pudor, deixava-se lavar na banheira pela empregada, com os mesmos olhos perdidos nos azulejos. Naquele dia, conforme minhas anotações, parou de falar, ficando a ouvir um passarinho; depois pediu água e foi deitar sem jantar. Voltaria a ditar, no domingo seguinte, animado e piadista, depois de ter almoçado uma feijoada proibida pelo médico — e depois de assinar os papéis do próprio testamento. Era como se pagasse todas as dívidas para partir de alma leve; quase até sorria.

confiança de não esperar maiores problemas além de trepar na árvore. Taunay, no entanto — e a bem da verdade — também desconfiava dessa euforia:

Um bem-estar, desde vários meses ausente, o renovamento da existência, um sentimento de plenitude de vida a todos nós exaltava, e em todos se transmutava na ânsia de sobressair, graças a algum brilhante feito de armas, que chamasse a atenção do país para uma expedição muito inativa. Reinavam no acampamento a esperança e a alegria.

Perigo havia, contudo, nesse entusiasmo; e os que conheciam o chefe, de si para si, indagavam, com secreto desassossego, qual lhe seria a demonstração de iniciativa.

Bem, relendo a narrativa do tenente Taunay não posso deixar de admirar como ele consegue, com bela linguagem, transformar num grande conflito de alma, do nosso aparvalhado comandante, o fim natural daquela aventura sem qualquer planejamento. Na verdade, chegar até ali sem uma completa cavalaria tinha sido o grande erro, pois agora tínhamos chegado sem ter mais o que fazer. Tinha morrido de doença a maioria dos cavalos dos oficiais, fora o 47 e um punhado de outros, que continuavam conosco a seguir o ritmo dos bois.

Tínhamos arrastado aqueles canhões por metade do país para descobrir que de nada serviam ali, pois a cavalaria paraguaia era rápida, e sempre se retiraria antes de algum canhão chegar a distância de tiro. Ficando ali, a única coisa certa para nós é que acabariam o gado e os mantimentos. Voltar, depois de tudo, parecia um absurdo, diziam os oficiais, embora fosse a única coisa sensata a fazer. Os bois de carro estavam cansados, os bois de corte eram poucos e tão magros que, para conseguir a mesma quantidade de carne, seria preciso matar mais cabeças por dia, enquanto a tropa continuava sempre faminta. Mas a ordem foi matar menos gado para guardar reservas. Reservas para que?

Para avançar, claro. O comandante resolveu que, já que a cavalaria paraguaia não vinha a ele, nós iríamos nos arrastando atrás dela, como uma lesma perseguindo um rato. Íamos "libertar" a chamada Fazenda Lopes, uma extensão de terra do lado de cá do Rio Apa, portanto terra brasileira, onde os paraguaios plantavam milho e criavam cavalos. Ia ser uma libertação simbólica, pois os paraguaios decerto não ficariam para defender a fazenda, sem qualquer importância estratégica. Para não voltar de mãos abanando, íamos ao menos esfregar as mãos na cinza das fogueiras paraguaias, sabendo que, logo que virássemos as costas, eles poderiam cruzar o rio de volta e acender de novo quantas fogueiras quisessem. A isso se resumia toda nossa estratégia depois de dois anos de preparação e marcha.

Tínhamos chegado a Nioaque a 24 de janeiro. Na guerra, a vanguarda sofre os maiores riscos mas, em compensação, tem a primazia do saque. O povoado, com uma guarnição do Exército e uma igreja, já tinha sido saqueado pelos paraguaios, na invasão de um ano antes; depois, tinha sido abandonado pelos paraguaios, queimado e arrasado, para ser agora saqueado de novo pelos nossos soldados. A guarnição local defendeu seu armazém, mas o resto do povoado foi atacado pela tropa como um besouro por formigas — fervilhavam soldados em torno de cada casebre, tirando tudo que podiam. Restos de ossos para jogar na sopa, farinha, sal, madeira para as fogueiras, qualquer pedaço de pano que, lavado e fervido, ainda podia ser usado como embornal, coador, atadura. A tropa já andava em andrajos.

Agora, partindo de Nioaque para a fronteira, eu anotava no meu diário uma pergunta: conseguiríamos encontrar pobreza ainda maior?

Em Nioaque ficou a guarnição encarregada de esperar mantimentos e arrebanhar gado para o retorno da tropa. Também ficou metade das mulheres. Quando correra o boato de que o comandante ia avançar, elas tinham naturalmente se reunido no meio do acampamento, discutindo a questão até resolverem que três iam falar com ele. Maria era uma delas. O Coronel atendeu sem deixar de olhar o horizonte com os novos binóculos, presente do oficial de Nioaque.

— Queremos saber se é verdade que o senhor vai invadir o Paraguai — falou a mais velha.

— As senhoras não são do Exército, não precisam ir junto. Quem quiser ficar aqui, fique.

— Mas o senhor não tem cavalos — disse Maria — e dizem que eles têm muita cavalaria.

— Eu não tenho que dar satisfação às senhoras e também dispenso palpite — ele encarou — Mas vamos partir amanhã e vamos invadir o Paraguai, sim, senhoras.

Continuou a olhar o horizonte, onde aliás não se via nada além do horizonte. As mulheres voltaram para a tropa. Umas resolveram ficar, outras resolveram continuar, inclusive Maria.

— Os paraguaios vão voltar — ela insistia — Melhor ficar com a tropa.

O tempo lhe daria razão, mas naquela altura da marcha nossas atenções não conseguiam se estender ao futuro, tantas eram as preocupações com a fome, a sede, os calos, as feridas, a disenteria, os mosquitos, os piolhos e todos esses males que não aparecem n'*A Retirada* de Taunay, mas existiam, e como existiam. O próprio Taunay, apesar da linguagem de cronista militar, não deixaria de ver o absurdo daquele avanço:

Arrancou a coluna a 25 de fevereiro de 1867, indo acampar a uma légua da vila, à margem do Rio Nioaque. Logo que pudemos, visitamos o comandante. Estava agitado: já para o rancho da tarde faltava gado.

Mas seríamos salvos pelo guia Lopes, fazendeiro dali, que tinha a família prisioneira dos paraguaios e, por isso, insistia em que a coluna invadisse o Paraguai. Chegou ele com uma boiada arrebanhada na sua fazenda. Se fosse para invadir mesmo o Paraguai, deveríamos então marchar imediatamente, até para não ir comendo dia a dia o gado, que continuava pouco. O comandante, no entanto, continuou brincando de guerra por ali, mandando abrir trilhas na mata, enviando patrulhas de reconhecimento, destacamento pra lá, destacamento pra cá, enquanto resolvia o que fazer e o gado ia de novo acabando. Começaram as deserções.

— Deus é grande e o mato também — diziam os soldados antes de desertar.

Fugiam à noite, na certeza de que não seriam perseguidos naquele sertão, e na esperança de que Deus cuidaria deles, sem se perguntar por que não teria cuidado até então... Diante das deserções, o comandante convocou uma reunião do Estado-Maior, que no caso eram os quatro comandantes dos batalhões mais o tenente Taunay, especialmente convidado. O comandante expôs a situação, enquanto eu anotava a ata. Era simples: se voltassem, era uma derrota sem ter lutado; se avançassem, podiam ser massacrados. (Eu tinha sido um bom cadete na academia, teoricamente falando, e sabia muito bem o estrago que uma boa cavalaria podia fazer naqueles batalhões de matutos.)

— Temos os canhões — disse um major — Podemos até atacar os fortes deles.

— Se avançarmos em quadrado — disse outro — a cavalaria não nos romperá.

— De qualquer jeito — perguntou outro — até onde vamos sem comida?

Era a grande questão, mas Taunay pediu licença para dizer que, com os canhões ingleses de granadas de alto teor explosivo, podíamos tomar fortes e atacar fazendas tão depressa que eles não teriam tempo de retirar todos os víveres:

— Então, serão obrigados a chamar reforços do Sul, e teremos criado uma segunda frente de guerra.

Todos se calaram, claro: a proposta velada era de um heróico suicídio, senão de imediato, logo depois que chegassem os reforços paraguaios — porque os nossos, a julgar pela nossa marcha, só chegariam dali a anos, se um dia fossem enviados.

— Além disso, se recuarmos — Taunay continuou — os paraguaios se sentirão no dever de voltar, até para nos perseguir na retirada.

Ou seja, era lutar ou lutar. Aquela expedição já era um absurdo, e invadir o Paraguai seria, por absurda coerência, mais absurdo ainda. No entanto, aquela idéia de Taunay, de atacar rápido e tomar mantimentos do lado de lá do rio, começou a ser debatida pelos comandantes dos batalhões. Pediram licença para conferenciar, foram para fora da barraca. Taunay sabia que eles decidiriam pelo ataque e não pela retirada, satisfazendo o comandante. *Tornara-se-lhe a marcha para o Norte do Paraguai absolutamente indispensável no plano de conjunto da guerra. Era sem dúvida a coluna muito fraca e talvez sucumbisse, mas útil e gloriosamente. Dir-se-ia, pelo menos, que se compunha de valentes brasileiros.*

Eis aí o retrato do herói pintado pelas próprias palavras. E eu também participaria da heróica narrativa, embora anônimo e na forma plural: *Éramos todos moços; tais pensamentos, tais modos de sentir invocados a respeito de opiniões contrárias, trouxeram troca de palavras ásperas.* Porque o comandante, talvez lembrando de mim devido à ausência dos outros, perguntou-me o que achava da situação.

— Com todo o respeito, senhor — falei sabendo que podia perder uma recomendação para promoção — acho que a coluna não tem razão de existir. Estamos derrotados desde o dia em que partimos sem cavalaria.

Taunay me cortou:

— A guerra é como a vida, nem sempre contamos com as condições ideais. É preciso criar!

— Criar uma cavalaria, um rebanho e uma intendência?! — eu me descontrolava.

— Antes de tudo, criar coragem! — Taunay voltou à carga — Não vamos invadir o Paraguai com bois e cavalos apenas, mas com bravos soldados brasileiros a vingar a invasão da Pátria!

Explodi:

— Vamos é matar essa tropa de fome, isto sim!

E então, como registrou Taunay, *exatamente em tal momento ocorreu um destes incidentes que, nas combinações das coisas humanas, surgem para lhes encaminhar o curso.*

O guia Lopes, magro e curvado feito um quixote, com suas perneiras e colete de couro, de novo entrou no acampamento com uma boiada, os peões gritando e os soldados urrando. Os oficiais voltaram para a barraca do Comando com o sorriso de candidatos a heróis; eram unânimes pela marcha.

— Obrigado, senhores, eu já tinha tomado a mesma decisão — falou o comandante — graças ao tenente Taunay.

Mandou Taunay terminar a ata que eu tinha começado, e em seguida redigir também duas ordens de serviço, uma destacando o tenente Taunay para o Comando e outra transferindo o tenente Rufino para a retaguarda.

E fomos invadir o Paraguai. Antes, passamos pela colônia de Miranda — não confundir com a vila de Miranda, já visitada. A toponímia do Mato Grosso é assim. Os instrumentos da banda tinham ficado em Nioaque, menos os mais portáteis, e assim haveria música, ainda: para entrar em Miranda o comandante ordenou desfile. Os batalhões, sem os bois, as carretas e as tralhas, marcharam em formação por entre uma dúzia de casebres, e os voluntários de Minas cantavam em cadência de marcha modinhas de amor, de forma que o ridículo e o singelo ali se abraçavam.

O comandante exigia disciplina e tinha mania de limpeza. Mal firmava o chão depois duma chuva, mandava tirar o barro e lavar as rodas dos canhões. Queria fardamento completo de todos, mas como muitos não tinham mais esta ou aquela peça, mandou cada sargento fazer um rol, para que se perdoasse a falta de tais peças neste ou naquele soldado... Assim, na chamada diária o sargento chamava cada homem e um cabo conferia o rol, olhando qual peça poderia faltar em cada homem...

Também mandou o comandante que todos lavassem todo dia suas canecas e pratos, que não eram lavados fazia meses e talvez nem fosse preciso, eram lambidos pelos homens. E, finalmente, começou o comandante a comandar exercícios diários de artilharia e infantaria — corre pra lá, bum; corre pra cá, bum; inclusive o batalhão da retaguarda, de modo que também entrei na dança.

Montado no 47 eu via o tenente Taunay passar trotando de um batalhão para outro, levando ordens pessoalmente, no seu alazão ainda em bom estado. Mas nenhum dos poucos cavalos que sobravam se comparava agora ao 47. Parecia gostar da vizinhança da guerra. Andava tão excitado como os oficiais, e eu tinha medo de que, com tanto assanhamento, fosse requisitado para o Comando. Numa coisa, porém, os exercícios me alegravam: gastando munição, sobraria menos carga para as mulas, pobres heroínas de todas as guerras, todas arcadas com excesso de carga, e levando ainda, jogados por cima, os capotes dos soldados nas horas de calor.

Taunay reparou no 47, parou a meu lado numa manobra em que a artilharia liquidava as árvores de um morro.

— Belo animal.

— Muito preguiçoso e burro.

— Não parece.

Eu temia perder o 47, mas a preocupação de Taunay era outra. Ele pigarreou, disse que queria era se desculpar pelo "incidente com aquela mulher":

— Achei meu dever expressar minha opinião, tenente.

Pedia desculpas, revolvendo a ferida. Hoje, reconheço que o tenente Taunay fazia coisas que eu ainda não sabia fazer, como pedir desculpas e sempre dizer o que pensava. Mas, na hora, não aceitei as desculpas, dei meia-volta e me afastei trotando com o 47, feliz.

Eu achava que o comandante só queria brincar um pouco mais, exibir os canhões no lado de lá do rio, derrubar umas árvores paraguaias e voltar. Mas então chegaram refugiados brasileiros, gente dali que estivera prisioneira dos paraguaios. Contaram que a guarnição paraguaia de Bela Vista, "logo ali" do outro lado do rio, só tinha cem homens e era, na verdade, uma paliçada de madeira.

O comandante anunciou marcha batida para a alvorada, ou seja, a marcha de sempre, regulada pelos bois, só que com fanfarra e canções. No dia seguinte, no entanto, não ordenou a partida até quase meio-dia, quando chamou o Estado-Maior para explicar que era melhor esperar um dia, para chegar perto de Bela Vista no Sábado de Aleluia ou no Domingo de Páscoa, de modo a celebrar por lá uma missa campal. A guerra era para ele uma seqüência de exercícios, rituais e solenidades.

Entre paradas e esperas, fomos avançando à razão de uma légua e uma dúzia de bois por dia. A 17 de abril, vimos a fronteira. Os oficiais abriram as últimas garrafas de conhaque das bagagens, e comemoraram como se fosse já uma vitória: avistavam a fronteira e, pelos binóculos do comandante, podiam até ver que do lado de lá do Rio Apa havia árvores como do lado de cá! Ou, como disse Taunay, a fronteira *agora ali estava à nossa frente como ponto de encontro de duas nações armadas, e como campo de batalha.*

Não posso deixar de admirar como Taunay conseguiria pincelar com tintas heróicas aquela fanfarronice:

Como éramos uma força atacante com bagagem de expedição, *haviam as nossas carretas retardatárias chegado ao acampamento a 17. No dia 18, pelas nove da manhã, fez-se a rendição das guardas avançadas. Reinava em nossas linhas a maior tranqüilidade quando, de repente, pelas onze, ouviu-se o grito de alarme: "Cavalaria inimiga!" Armam-se os batalhões; expede o comandante os engenheiros aos postos avançados; o ajudante geral à retaguarda; o assistente de quartel-general aos diversos corpos para lhes determinar as condições e remediar ao que possa faltar. Para a vanguarda marcha ele próprio, acompanhado pelo batalhão de voluntários, com as bocas de fogo do major Cantuária e do tenente Marques da Cruz, o mesmo que havia de morrer combatendo nas linhas de Humaitá. Por nós passou, com a espada nua, não querendo, dizia, tornar a embainhá-la senão depois que houvesse travado conhecimento com os paraguaios.*

Finalmente eles tinham o que procuravam, o inimigo! Na verdade, só um alarme falso, mas serviu para mostrar que a coluna tinha aproveitado bem os exercícios; me admirei da rapidez e determinação com que a tropa se preparou para a luta. Nossa formação de combate era uma das mais clássicas: um quadrado com um batalhão em cada lado e um canhão em cada bico. Se a cavalaria paraguaia conseguisse romper aquilo, nos envolveriam por dentro e por fora do quadrado; mas, ao mesmo tempo, não seria nada fácil, porque os canhões nos bicos permitiam fogo cruzado sobre o avanço da cavalaria, que opera em campo aberto. Além disso, em campo sujo, qualquer mato ou morro poderia nos proteger a retaguarda, embora não houvesse vantagem para nós em fincar posição e ser cercados.

Na correria para combate, os soldados atiravam em qualquer passarinho, e os paraguaios, na verdade, já nos espiavam de longe há tempo, acompanhando nossa marcha. Começaram a se deixar ver, aqui e ali, tranqüilos nos seus cavalos pantaneiros bem alimentados e ligeiros. Tinham lanças compridas, com fitas nas cores do Paraguai. Os nossos soldados, quando matassem um daqueles cavaleiros, a primeira coisa que fariam, depois de degolar, seria arrancar aquelas fitas para amarrar no fuzil como troféus[12]. Além dos fuzis regulares, nossos soldados levavam revólveres de vários tipos, pistolas, garruchas, adagas, facões, punhais, peixeiras, lanças, tacapes índios e até boleadeiras gaúchas; armas pessoais e de família, armas com apelidos e histórias.

Os cavalos do Pantanal têm casco que não racha na água, mas o 47, com suas patas comuns, sofria com rachaduras — mas continuava agitado e marchador. Na passagem de um ribeirão, vimos do outro lado os paraguaios, e os atiradores da vanguarda deram uma descarga, acertaram um cavaleiro que fugiu na garupa de outro. Na retaguarda, nada vi, só ouvi o clamor da tropa. Taunay conta: *Ao presenciar esta primeira cena de guerra, queriam os nossos soldados deitar-se à água para perseguir o inimigo, quando um toque de clarim do quartel-general os fez estacar.* O comandante não queria luta na Sexta-Feira Santa, assim dando tempo ao inimigo de organizar defesa...

Os paraguaios continuaram a aparecer ao longe, desmontando para deitar folgados na grama dos morros, como a mostrar que não tinham qualquer medo; uma criancice de guerra. Então o comandante mandou um canhão avançar e lançar granadas nos abusados. Os paraguaios fugiram debaixo de aplausos da tropa, os soldados alegres como meninos.

— Vencemos o primeiro entrevero — o comandante mandou comunicar a todos os batalhões, pela boca do tenente Taunay, que chegava cavalgando como a própria imagem da vitória, falando alto sem apear, inclusive soletrando e-n-t-r-e-v-e-r-o, para em seguida cavalgar até a próxima companhia.

No Rio Apa, pisando no último pedaço de terra brasileira, o comandante agachou, decerto sentindo-se um César diante do Rubicão, e, como observou Taunay, *porque lhe viessem à*

[12] Para descomplicar, chamaremos de fuzis — até porque tinham baionetas — as armas regulares da infantaria brasileira, espingardas antigas, de capsoleta e pederneira, ou novas, de espoleta.

mente vagas reminiscências históricas, a propósito de caudais célebres, ou porque, após tanto abalo de espírito, experimentasse como que uma agitação febril, disse sorrindo: "Notemos a que hora provamos a água deste rio". Puxou o relógio, bebeu e acrescentou a gracejar: "Desejo que este incidente seja consignado na história desta expedição, se algum dia a escreverem".

Taunay não se furtaria a registrar, no seu livro, aquele histórico gole. César atravessou o Rubicão. Já nosso comandante *bebeu* o Apa, como se com isso deixasse a água de ser paraguaia. Em seguida, alguns soldados cruzaram o rio, dizendo que iam conquistar o Paraguai, e voltaram comemorando molhados de água paraguaia. Mas a coluna continuou "avançando" pela nossa margem, até a tal fazenda. Os paraguaios já tinham recuado, claro, levando o gado e deixando só cinzas, mas quando o comandante chegou foi recebido com vivas pelo batalhão de vanguarda, como se fosse uma grande vitória. A seguir foi o saque costumeiro, que Taunay procurou enobrecer:

Vislumbrava-se um resto de crepúsculo, ainda quando o grosso da coluna chegou. Foi este o momento de atropelo e de balbúrdia, tantos objetos se avistavam sem dono, misturados e fadados à destruição. Cada qual tomou o seu quinhão (...) Alguns pedaços do madeiramento, alguns mourões abrasados serviram para cozinhar as batatas, a mandioca e as aves do inimigo. (...) O trabalho dos invasores, frutuoso como fora, vinha acrescer ao banquete a satisfação de um sentimento de reivindicação nacional. Enfim, até o saque virava mais um patriótico ritual. E, com novas forças e moral alto, diziam os oficiais, agora é que devíamos mesmo invadir o Paraguai!

Enquanto isso, consegui para Maria uma batata-doce, que assei num braseiro, e o menino comeu queimando os lábios. Ri, como há tempo não ria, e Maria rindo ficava ainda mais bonita, apesar do cansaço e do castigo do sol, da poeira, da fome crônica. Dormimos ao relento na noite seca, os pés voltados para o fogo, à moda índia — pois muitos oficiais já haviam deixado para trás suas barracas, e a minha eu tinha dado à Enfermaria para abrigar feridos.

Taunay apareceu com uma garrafa de conhaque debaixo do dólmã, era uma preciosidade. Maria recusou:

— Isso aí acaba com índio.

Eu bebi uns bons goles.

— É um absurdo crianças numa tropa de guerra — falei quando o menino dormiu nos meus braços.

— Crianças, mulheres, índios, vaqueiros, lavradores, isto aqui é uma amostra de toda a nação — Taunay brindou à lua com a garrafa — Por isso mesmo, tenente, acredito no nosso sucesso!

Falei que, se otimismo ganhasse guerras, só com o otimismo dele aquela já estava ganha. Ele não falou nada, deitou, e foi coberto com capa pelo ordenança, um cabo negro que, embora alforriado, agia como se fosse escravo. E o tenente Taunay, que já então se dizia abolicionista, aceitava como normal a sua escravidãozinha particular.

Dormimos logo, com o cansaço da marcha. Amanhecendo, porém, acordei e vi que Maria estava debaixo daquela bela capa francesa de Taunay.

A partida, para a "invasão do Paraguai", foi mais uma parada militar. *Cada qual envergara seu mais luzidio uniforme;* — os oficiais, porque os soldados continuavam sujos e fedidos — *e como as nossas antigas bandeiras não prestigiassem ainda feito notável algum, foram substituídas por outras, cujas cores vivas se destacavam no céu formoso das campinas paraguaias.* Enquanto isso, a Enfermaria recebia mais alguns doentes, porque a fome continuava, a ração diária de alimento era mínima para cada soldado, e muitos dividiam com as mulheres — que, oficialmente, não existiam, portanto não recebiam comida.

Agora estava tudo pronto: figurinos, cenário, personagens e figurantes, de onde deveriam emergir, na fumaça da batalha, os semideuses, os heróis. Mas também, como lembra Taunay, *mudara a natureza do terreno. Não mais tínhamos a grama curta e fresca dos prados que acabáramos de atravessar. Estava o solo coberto dessa perigosa gramínea que atinge a altura de um homem, e a que chamam macega, e cujas hastes duras e arestas cortantes tornam, em muitos lugares do Paraguai, a marcha tão penosa.*

A tropa cruzou o Rio Apa alegre, gritando piadas, sem saber que saíamos de um inferno para começar outro mais dantesco, que aquele capim infernal já anunciava. Os bois soltaram seu último estrume de capim brasileiro, e o 47 parecia um potro, querendo logo alcançar a margem paraguaia. Mal cruzamos o rio, o guia Lopes viu fumaça ao longe, disse que era o forte de Bela Vista, que os paraguaios deviam estar queimando. Então a estratégia do comandante paraguaio se revelou para mim como um clarão: queria nos atrair, recuando e queimando tudo, até nos envolver e destruir ou perseguir nossa retirada, enquanto esperava reforços. Era evidente. Fui procurar o comandante, o 47 pateando disposto.

Apresentei-me batendo uma rigorosa continência mas ele nem me olhou, confabulava com Taunay sobre um mapa de campanha. Expus meus temores, e fui dispensado sem qualquer comentário. Eles estavam ali decidindo se devíamos ou não perseguir os paraguaios, que enquanto isso tinham tempo de fugir. Aliás, nem precisavam ter pressa, como relataria Taunay: *Assim se passou 21 de abril; os dias imediatos consagramo-los ao repouso e ao exame da situação.*

Eu aproveitava para ir à vanguarda ver Maria de manhã e à tarde, com os mais variados pretextos, e às vezes levava o menino para ficar comigo na retaguarda, ele adorava andar no

47. Com os víveres frescos da fazenda, os fogões de campanha funcionavam a todo vapor na cozinha de cada batalhão. Mas os paraguaios continuavam a espreitar, em patrulhas cada vez mais próximas, aparentemente descuidados, evidentemente por provocação. A tropa queria se enfiar nos matos atrás deles, os soldados impacientes; ficavam roucos de xingar os paraguaios a distância. O comandante resolveu agir. Mandou um oficial fincar uma lança lá longe, com uma mensagem propondo rendição ao comandante paraguaio, em Espanhol, Português e, para desempatar a questão lingüística, também em Francês, graças ao tenente Taunay.

O major Urbieta respondeu com uma bravata, *só de espada desembainhada poderemos tratar convosco,* enquanto os dias se passavam e a tropa acabava com os mantimentos. Destacamentos à procura de gado voltavam só com fome. Nas reuniões do Estado-Maior, os oficiais continuavam a oferecer ao comandante o sangue dos soldados, conforme Taunay: *Por que, exclamaram, não haveremos de ir até Concepción? Viemos parar tão longe para recuar? Contanto que possamos contar com um quarto de ração, não há um único soldado que não hesite em seguir os chefes, e com eles não deseje tentar a fortuna do Brasil*; leia-se a fortuna dos heróis.

Só aí eu soube que o comandante tinha pegado fama de covarde na retirada de Corumbá, onde até tinha circulado um soneto com os nomes dos oficiais que tinham fugido da invasão paraguaia, inclusive ele. O homem queria se redimir, me garantiu o ordenança, mas tinha medo de fracasso maior. Os oficiais, no entanto, insistiram tanto que ele mandou avançar. Disse ao ordenança, que depois me contaria, ter certeza de que achariam mais rebanhos, como se os vaqueiros paraguaios já não tivessem recolhido do campo até as perdizes. A coluna já tinha mordido a isca, agora ia engolir.

O corneteiro tocou avante, e Taunay passou galopando com um estandarte, os soldados urravam, e eu chamei o herói:

— Pergunte ao comandante, por favor, se não é melhor agrupar na retaguarda todas as crianças e mães dos quatro batalhões.

Ele olhou como se me visse pela primeira vez.

— Bem pensado, tenente! — e galopou para o Comando.

Eu ia a pé, levando uma mulher grávida no 47[13].

Chegamos a Laguna a primeiro de maio — e o lugar, que finalmente daria nome à nossa expedição de guerra, era uma fazenda que a retaguarda nem chegou a ver, mas que Taunay descreve como *apenas uma choupana de palha, que o inimigo, retirando-se, desdenhara incendiar*... Tínhamos penetrado umas léguas no Paraguai para conquistar um casebre, e agora nos restava ir em frente, sem ter como, ou, depois de tudo e tanto, apenas voltar. Patrulhas viram tropa e grande rebanho se retirando para o Sul mas, até o tenente Taunay concordou, *que podíamos fazer sem cavalaria?* Então ali, diante de um casebre, até por evidência resolveu-se que tínhamos atingido o objetivo, agora era voltar. Passaríamos a recuar tangidos pela fome, mas era melhor que guerrear, pensei iludido. Pretendia esquecer os paraguaios, mas eles não se esqueceriam de nós.

Antes, porém, o comandante resolveu atacar o acampamento paraguaio, pois provocativamente tinham acampado ali perto. O batalhão de vanguarda avançou de surpresa, atacando sem bagagens e com uma garra que afugentou os paraguaios. Os nossos soldados, depois de tanta marcha e disenteria, queriam mesmo lutar! Tomaram canhonetes paraguaios, que para

[13] Relato interrompido por acesso de tosse de meu pai, talvez pelo esforço de tanto falar. O médico recomendou repouso, mas ele, talvez temendo não ter domingos suficientes pela frente, me chamou para nova sessão de ditado na quarta-feira. Botou a caixa de bolachas nos joelhos, remexendo nos papéis e no livro de Taunay enquanto ditava, às vezes dando um gole no copo de água, como se sentisse ainda a sede dos dias de marcha.

nós não tinham utilidade, obsoletos perto dos nossos canhões ingleses. Depois os paraguaios tentaram um contra-ataque e foram rechaçados pelo nosso fogo de linha. Taunay registraria o regozijo do comandante: *Estes selvagens, exclamou, que a tanta gente assassinaram e tanto assolaram esta região, quando indefesa, não mais dirão que os tememos. Sabem que dentro do próprio território podemos obrigá-los a pagar o mal que nos fizeram. Vamos à fronteira aguardar alguma probabilidade de nos abastecer e gozar do pequeno repouso que me não poderá ser exprobrado.*

Belas palavras, grande ilusão.

A 8 de maio partimos antes do sol, e às sete da manhã sofremos a primeira emboscada de infantaria num capão de mato. Taunay relata como se fôssemos vencendo cada encontro com o inimigo — quando, na verdade, eles queriam ir nos desgastando, como os cossacos fizeram na Rússia com o exército de Napoleão. Emboscavam com infantaria aqui, fugiam para ali contra-atacar com cavalaria, tentando envolver e massacrar partes da nossa tropa, pelotões e até companhias. Recuávamos em quadrado cerrado, e Taunay teria tempo de anotar várias bravuras e bravatas de combate, como esta:

Parecia o capitão Costa Pereira o alvo predileto dos assaltos de possante cavalariano; quis acabar com isto e, abrindo espaço, lançou-se fora do quadrado, movido de tal ímpeto que o adversário, intimidado, deu de rédeas a fugir, com grande aplauso dos nossos. Serve para que se visualize nossa marcha, em quadrado tão fechado que se tinha de abrir espaço para sair, e sair significava a morte, pois eram centenas de cavaleiros paraguaios galopando em volta, e só quem enfrentou sabe o que podem um cavalo a galope e um bom cavaleiro com sabre, lança e pistola. Um só podia causar um claro de meia dúzia de homens em nossas fileiras, se não caísse antes de chegar a elas, graças à pontaria dos nossos atiradores, homens que caçavam desde meninos e acertavam um cavalo entre os olhos a meia distância de tiro. Isto, aliás, Taunay tinha previsto bem: ia aumentando a combatividade dos nossos soldados.

Tomamos até um segundo acampamento dos paraguaios, mas Taunay não deixou de anotar: *Custou-nos isto catorze mortos e muitos feridos.* As caixas de cirurgia e farmácia não existiam mais. Mas o herói ressalva: *Puderam, contudo, os nossos feridos receber ainda todos os socorros de que precisavam, graças aos esforços da engenhosa humanidade de que foram alvos.* Ou seja: recebiam dos médicos pouco mais do que poderiam receber de um capelão, e ou saravam sozinhos ou morriam de infecção das feridas. De qualquer modo, o cavalheiro não deixa de anotar que um dos médicos, *sob as balas, dera provas de dedicação e sangue-frio, cuidando dos feridos como verdadeiro discípulo do grande Larrey.*

Enquanto isso, os cadáveres dos paraguaios *foram, todos, achados mutilados e de modo hediondo.* O comandante chamou os índios, que tinham deixado de saquear por ordem dele, e tinham voltado a saquear vendo o exemplo da tropa. Culpou-se então os índios, e de castigo tiveram de fazer as covas para enterrar também os mortos inimigos. Depois continuamos a retirada, atacados sempre aqui e ali, mas defendendo o quadrado com pontaria cada vez melhor dos fuzis e dos canhões, às vezes com fogo cruzado que derrubava vários paraguaios.

Reconheci então que os exercícios do comandante agora nos valiam a vida, pois teria bastado a cavalaria paraguaia romper o quadrado em qualquer ponto para nos atacar, por dentro, o rebanho, o Comando, as carretas, a Cozinha, as mulheres e as crianças. Não poderíamos atirar livremente dentro do próprio quadrado, para não atingir uns aos outros, e os cavaleiros poderiam reinar a galope no tumulto. Percebendo isso, os soldados preenchiam logo qualquer claro nas fileiras. Um ou outro morto nosso, de combate ou de doença, era enterrado em cova rasa, feita em cinco minutos, sem as botinas que eram tiradas para servir a outro. O capelão rezava ajoelhado enquanto se abria a cova, dentro do quadrado em marcha, depois continuava a passo dobrado com o pelotão de coveiros, para compensar o atraso.

Assim caminhamos o dia todo num caos de fumaça e poeira, com grande estrépito, e no meio das aclamações dos nossos, de gritos agudos e ferozes do inimigo, mugidos do gado, explosões da pólvora, desordem dos homens e das coisas. Mas a penúria e o cansaço aproximavam os homens, como Taunay reparou:

Caíra a noite, profundamente escura. Estávamos estrompados de cansaço, a vista escura e o espírito abalado por tantas e tão variadas impressões cujas imagens acabavam por se confundir. Não houve quem armasse tenda ou barraca. Dormimos em grupos, formados quase ao acaso, de três, de quatro ou mais, conchegados uns aos outros, cobertos em comum por capotes, ponches, mantas; com quanto encontráramos (inclusive couros crus de boi fedendo a carniça pelo acampamento todo); *cada qual com o fuzil, o revólver ou a espada ao alcance da mão e o chapéu desabado sobre os olhos, para se resguardar do orvalho, tão copioso que tudo encharcava.*

Naquela noite fui ao Comando e vi Maria se enfiando debaixo duma carreta. Eu vinha com o menino, e agachei, para ver se também cabíamos ali, mas Taunay já estava lá, escrevendo à luz de um candeeiro o seu diário e futuro livro. O ordenança, feito anjo negro, segurava o candeeiro. Maria estendeu os braços para o menino no meu colo, mas eu disse que podia continuar com ele, e ouvi a voz de Taunay — Obrigado, tenente — com um toque de camaradagem, como se eu fosse um dos seus colegas oficiais; e o pior é que eu era, embora apenas oficialmente.

Maria se enfiou na capa francesa, e eu voltei para a retaguarda, botei o menino para dormir e fui ajudar os médicos com os feridos, até cair de sono.

Como marchava na retaguarda, eu não via que nossos artilheiros iam cumprindo seus deveres muito bem: um canhão saía do quadrado para dar cobertura ao avanço da coluna, ocupando alguma elevação de onde os paraguaios pudessem nos alvejar com seus canhonetes ou mesmo fuzis. Assim, avançávamos à custa de sempre arriscar um canhão, que em seguida nos garantia. Taunay, na vanguarda, conta que *esta manobra, pela precisão com que foi diversas vezes repetida, levou-nos sãos e salvos* — apenas, porém, até a beira do Apa, onde ficamos de novo entregues à cisma do comandante.

Os oficiais ainda queriam mais glória: *Nós nos sentíamos como corridos de vergonha, vendo nossas esperanças de glória tão cedo desvanecidas. (...) Dali nos era, pois, indispensável sair, exatamente quando prováramos superioridade em armas?* Enquanto isso, eu continuava cuidando das crianças e ajudando na Enfermaria.

Um oficial de Miranda veio avisar que reforços não tinham chegado, mas as carretas de comércio, que tinham ficado em Nioaque, vinham reabastecidas ao nosso encontro, movidas pela ganância dos comerciantes; pensavam em vender mercadorias encarecidas pela distância e pela penúria da tropa. Um resto de sabonete era disputado, um pedaço de toucinho era o tempero duma sopa de ossos já veteranos de outras sopas.

Enquanto o comandante cismava, os paraguaios podiam cruzar o rio antes e nos impedir a passagem, cercando a coluna em terra paraguaia. Mas o comandante insistiu em ficar mais dois dias ali, numa espécie de pirraça, apesar dos apelos dos oficiais mais sensatos: *Mostrou-se irredutível, abroquelando-se numa única alegação: exigia a dignidade do corpo de exército a demonstração de que a retirada se efetuava sem precipitação como sem temor.* Para manter a pose, íamos arriscar o pescoço.

No entanto, preocupado com a perseguição dos paraguaios, o comandante mandou o mesmo oficial de volta, para ordenar aos comerciantes que retornassem a Nioaque. O oficial e seus dois acompanhantes foram mortos tão perto que ouvimos os tiros. Só voltou o filho do guia Lopes, ferido, e então o comandante se convenceu de que estávamos cercados e ordenou a passagem do rio. Os engenheiros, encarregados de fazer uma ponte, fizeram uma pinguela, mas a sorte ajudou de novo: *Felizmente, porém, baixara sensivelmente o nível das águas e o rio mostrava-se vadeável. Os soldados atravessavam a água, levantando acima das cabeças armas e bagagens, a lutar com a rapidez da corrente. Os doentes, os oficiais, os músicos e as mulheres utilizaram-se da pinguela.*

Atravessei levando o 47 com o menino montado, e isso chamou a atenção do comandante para o cavalo. Eu estava saindo do rio, e ele já estava na outra margem. Pegou o 47 pelo cabresto.

— Desmonte, tenente, e deixe o cavalo à disposição do Comando.

Ele tinha razão: naquela altura, com meia dúzia de cavalos, todos teriam de ficar no Comando para os mensageiros. Mas Taunay se adiantou:

— Ele vem levando esse menino nesse cavalo, senhor. Penso que devemos cuidar das crianças como das bandeiras e dos canhões.

O comandante concordou; se era pela honra, toda estupidez seria tolerada, e continuei com o 47. Taunay me bateu uma leve continência de camarada, sorrindo como se devolvesse um favor. Enquanto isso, os soldados faziam o milagre de passar os canhões, puxando com bois e cordas, e surpreendendo os engenheiros com improvisações e truques. Se um dia erguessem um monumento ao herói anônimo da retirada, como o que ergueriam para Taunay, deveria ser um soldado magro empurrando uma roda de canhão, com um cão faminto aos pés e um boi cadavérico à frente. Conforme aumentava meu nojo pelos oficiais, crescia meu respeito pelos homens. Debaixo de fogo inimigo, que sempre atingia um ou outro aqui e ali, eles iam se forjando soldados, avançando, ou melhor, recuando sem medo nem atropelo, e enfrentando a luta sempre que os cavaleiros paraguaios avançavam. Eles sim, nessas horas, muitos lutando descalços, eram heróis.

A cavalaria paraguaia tinha atravessado o rio antes, em outros pontos, e logo caiu sobre nós. Quase rompeu nossa vanguarda. *Travou-se por toda parte terrível entrevero; e tal que o nosso batalhão de voluntários de Minas hesitou a princípio em fazer fogo, receoso de atingir amigos e inimigos. Acabou, afinal, por fazê-lo, juncando o solo de mortos e feridos* — paraguaios e brasileiros, esqueceu-se de ver o repórter Taunay. Nossas balas derrubaram vários dos nossos. *Isto, pelo menos, obrigou os paraguaios a recuarem e a fugir, mas somente para se reformarem a alguma distância.*

Maria veio correndo da vanguarda, e me tirou o menino dos braços, enquanto os batalhões cerravam o quadrado e os canhões atiravam na grota de onde saía a cavalaria inimiga. Depois fui me dar conta de por que, a partir dali, ela me procuraria de vez em quando para proteção: acontecia que Taunay saía do quadrado para reconhecimentos ligeiros, com apenas dois soldados, permitindo à vanguarda avançar com menos riscos de emboscadas. Isso seria devidamente anotado pelo comandante, como demonstração de bravura, e hoje reconheço que, realmente, o nobre tenente foi além do dever. Entretanto, Maria afinava comigo: não queria glória, mas segurança.

Ela continuava bonita, apesar de suja e fedida como todos, e eu voltaria a ter esperanças nela.

Mas voltemos à marcha, que virava um pandemônio. A boiada estourou. Mantida no centro do quadrado como a corola duma flor armada, a boiada não tinha porém experiência de guerra nem sonhos de glória, e simplesmente estourou, levando de roldão os soldados de guarda, bagagens, carretas, quase atropelando um dos canhões. Fora do quadrado, foi controlada pelos paraguaios, que antes de ser cavaleiros de guerra eram vaqueiros de nascença. E nós, ali na retaguarda, mal corremos da boiada e já tivemos de lutar, como registraria Taunay. Acomodados com a idéia de que a vanguarda e os flancos sempre resolveriam tudo, vimos ali na retaguarda, de repente, o poder de ataque duma cavalaria veloz, a nos envolver logo que a boiada abriu um claro nas fileiras duplas de atiradores. Uma fila atirava enquanto a outra recarregava os fuzis, no clássico rodízio duplo, mas o estouro da boiada tumultuou tudo.

Quem quiser saber como lutamos ali, leia Taunay. Se desejar saber mesmo como foi, pergunte a uma daquelas dezenas de mateiros que se lançaram contra os paraguaios, mal os cavalos entraram no quadrado. Eles lutaram como leões, diria alguém que não estivesse ali mesmo, vendo aquilo. Na verdade, lutavam como luta um cachorro, um gato ou mesmo um tatu acuado; lutavam com os braços, as pernas, a cabeça, as mãos, os dentes, o medo de morrer e o ódio pra matar. Vi um paraguaio ser derrubado a pedrada e, embolado no chão com o brasileiro, levar uma mordida na garganta, de onde o sangue esguichou da jugular; e vi que, lutando pela vida, o homem com qualquer animal se parece, sem pátria nem heroísmo, sem regras nem postura, apenas um bicho que mata ou é morto, mais nada.

Os soldados com ferimentos leves iam como mateiros, marchando ao lado das carretas com facões e picaretas, para cortar mato ou desencalhar as rodas, empurrando nos atoleiros ou valetas. Ao mesmo tempo, eram também soldados de segunda linha, e geralmente andavam com o fuzil nas costas. Vários estavam descalços, com os pés rachados de marchar, por isso mesmo iam ali na segunda linha; mas mesmo assim correram contra os cavalos paraguaios e lançaram os facões contra os cavaleiros, para em seguida pegar os fuzis nas costas. Alguns foram mortos nessa posição, com a mão nas costas, como se oferecessem o peito para a lança. Outros avançaram atirando, ou mesmo lançando a picareta ou o fuzil contra algum cavaleiro, depois saltando de peito contra a lança, tentando ao menos ferir o cavalo a pontapés. Quase todos foram mortos, mas estancaram a torrente de cavaleiros que entrava pela brecha. Os últimos cavalos a entrar já tinham de saltar sobre os cadáveres, trombando também com os cavalos feridos.

Os oficiais convergiram descarregando as pistolas, e as linhas de atiradores logo foram fechando a brecha e prendendo no quadrado os invasores, que um a um foram caçados, por ironia, pelos homens do batalhão de caçadores. Nenhum pediu clemência, nenhum foi poupado. Alguns, vendo que não tinham saída, dispararam para dentro do quadrado, tentando atingir algum alvo importante, um oficial, uma bandeira.

As fileiras se fecharam fazendo fogo em rajadas, e lá fora do quadrado os paraguaios caíam às dúzias. Dentro, os dois últimos investiram contra o único oficial à vista diante das carretas da Enfermaria — eu. Eu nunca tinha atirado com a pistola além do treinamento obrigatório, e quando atirei tive a surpresa de ver cair o cavaleiro que investia, felizmente já sem a lança, ou teria me alcançado, caiu antes de me alcançar com o sabre. Outro matei pelas costas, porque ia na direção das mulheres. Como eram os últimos paraguaios a cair, a tropa me aclamou. Eu tremia tanto que sentei na terra.

De repente eu era herói, pelo menos por um momento, mas tinha vontade de vomitar — e vomitei.

Levantei a cabeça tempo depois, dei com Taunay sorrindo:

— No começo é assim. Parabéns, tenente!

Me estendeu o cantil, e bebi do cantil dele. Depois vomitei de novo, ouvindo a voz dele; dizia que, se tivéssemos deixado a cavalaria entrar ali pela retaguarda, poderiam ter nos massacrado.

O fato era que nossos soldados mais broncos, de segunda linha da retaguarda, tinham repelido um ataque fatal, impondo respeito ao inimigo até o fim da retirada, e no entanto lutaram mais com ferramentas do que com armas.

Taunay viu assim: *Sobressaiu o 21º batalhão nesta encarniçada pugna, que à nossa retaguarda deu tempo de se consolidar contra o choque que a ameaçava. Não foi, contudo, a vio-*

lência tão grande quanto a esperávamos, porque os inimigos, imaginando que nos achariam meio abalados, mas sentindo ao contrário nossa coesão, graças ao vigor da resistência, não persistiram no ataque, acabando por circunscrever o seu esforço em apanhar o nosso gado que, espavorido, disparava pelo campo.

Para mim, aquilo era um desastre: tínhamos finalmente ficado sem comida, para andar léguas e léguas em terreno ruim, cercados por uma cavalaria de centenas de homens, tantos que só ali deixavam duzentos mortos. Para o herói, o momento era de glória: *Foram os primeiros movimentos consagrados ao contentamento da vitória; e as aclamações que espontaneamente estrugiram em toda a nossa linha abafaram o estridor dos clarins e fanfarras.* Francamente não me lembro de fanfarras, mas reconheço que o herói não se negou a enxergar a selvageria em seguida:

Estava o terreno coalhado de moribundos e feridos inimigos. Vários dos nossos soldados, ébrios da pólvora e do fogo, queriam acabá-los. Horrorizados, debalde esforçavam-se os nossos oficiais em lhes arrancar as vítimas às mãos, exprobando-lhes a indignidade de semelhante chacina. Adiante, Taunay registraria que houve um único ferido achado vivo, situação até conveniente porque o comandante precisava mesmo de um só para interrogar. Os outros, na verdade, foram mortos por nossos soldados com muito prazer. Os índios, confusos sobre se podiam ou não saquear ou mutilar, foram retalhar os cavalos feridos, coisa que o cozinheiro lamentaria, pois assim se estragou muita carne que seria mais bem aproveitada no rancho. Os cavalos mais inteiros foram jogados sobre as carretas, de modo que, já que os paraguaios iam comer nossos bois, comeríamos seus cavalos.

Via-se, aliás, como inevitável conseqüência destas cenas deploráveis, o saque desenfreado a que se entregavam os mascates e os acompanhadores do exército também, reclamando as mulheres o seu quinhão.

Maria revistou um dos cavaleiros que tive de matar, pegou uma pistola. Taunay revistou o outro, pegou um punhal e me deu o sabre.

— Não uso isso.

Ele me enfiou o sabre no cinto:

— Daqui pra frente, tenente, quem sabe deva usar — e apontou o paraguaio morto — Ele quase pegou você.

Depois foi ensinar Maria a atirar, enquanto a tropa se entregava à festa da pilhagem. Os soldados, não tanto por crueza, acho mais que por alegria infantil depois de tanto sofrimento, agora se dedicavam a brincar com cada arma, cada objeto paraguaio, rindo e caçoando dos cadáveres. Cada objeto passava de mão, sopesado e examinado, como se um pincel de barba, por exemplo, ou uma cuia de chimarrão, pudessem ganhar nova realidade como presas de guerra.

Taunay mostrou a Maria como se armava a pistola.

— Experimente.

Soldados atiravam para o ar, loucos de alegria, mas ela atirou num cavalo agonizante.

Eram os corpos despidos e revistados; despojos sanguinolentos passavam, de mão em mão, como mercadorias, muita vez com violência disputadas.

Alguns de nossos cadáveres também usavam ponchos, roupa comum na fronteira, mas para saber que eram brasileiros bastava ver que estavam vestidos, porque os corpos paraguaios acabaram todos nus. Quarenta eram nossos, quase duzentos deles, naquela que ficaria conhecida como a Batalha de Nhandipá, a 11 de maio festejada pelo Paraguai como o golpe que empurrou os brasileiros para longe do Paraguai, e festejada pelos brasileiros como vitória pelo número de cadáveres — cada História com sua lógica.

Deu tempo de cozinhar ou assar na brasa alguns cavalos, enquanto os índios ganhavam a honra de cavar covas para nossos cadáveres. Os paraguaios ficavam para a República Paraguaia enterrar, que agora o comandante tinha pressa. Tirei disso uma lição tática: nada como um ataque na retaguarda para melhorar o ritmo duma retirada. Entretanto, agora tínhamos muitos feridos por carregar, amontoados sobre as carretas, *uns sobre os outros, mas recebendo todos os socorros que as circunstâncias comportavam.* Ou seja: aqui um torniquete para estancar hemorragia, ali um pedaço de couro para morder de dor, naquele outro uma pinçada na carne para tirar uma bala. Eu tinha a impressão de que alguns cozinheiros descarnavam bois com mais habilidade do que nossos médicos abriam gente. De resto, em higiene a Enfermaria e a Cozinha se equiparavam; e, sem qualquer suprimento de farmácia mais, para os feridos o único alívio era gemer e gritar.

O prisioneiro, devidamente interrogado embora ferido, ou até por isso, contou que eram uns oitocentos cavaleiros paraguaios, fora a infantaria e artilharia ligeira, que também nos seguiam. Depois, o paraguaio foi deixado numa carreta de feridos, que não estavam tão feridos a ponto de não estrangular o infeliz, cujo corpo foi jogado na terra e pisado por muitos da tropa. Mais tarde, como se verá, o Paraguai nos superaria na aritmética de matar feridos. Taunay relataria que muitos soldados, ao passar pelo cadáver, iam espetando nele baioneta e lanças paraguaias; e seria por coisas assim que não se faria feridos na Guerra do Paraguai.

Passada a euforia heróica, estavam os oficiais entregues a outra aritmética: Nioaque ficava a vinte e quatro léguas ou quinze dias de marcha, e só lá iríamos achar comida. A menos, propôs o guia Lopes, que tomássemos a rota de sua fazenda do Jardim, onde se poderia chegar numa semana e encontrar o laranjal carregado de frutas. A tropa já tinha provado das laranjas de Lopes, que trouxera alguns sacos cheios delas junto com as boiadas; e assim, quando o Estado-Maior acabou de confabular, os soldados já sonhavam com o pomar e as laranjas, decididos a ir de marcha batida até aquele paraíso.

Foi uma sábia decisão deixar a estrada e ir pelos campos: dificultava a ação da cavalaria paraguaia — e seus canhões, impotentes a distância e vulneráveis aos nossos caso se aproximassem, acabaram voltando ao Paraguai. Mas, para os soldados, era um suplício andar na macega, sem cavalos ou botas, muitos já descalços ou só com botinões desbeiçados ou sandálias feitas por eles mesmos de couro de boi, confirmando-se até nisso que os grandes heróis da retirada foram mesmo os bois. Muitos soldados amarravam panos nas pernas e braços, para não se arranhar nas lâminas do capim. Taunay, depois de duas páginas analisando e louvando a decisão do Estado-Maior de marchar para a fazenda de Lopes, dedica algumas linhas aos soldados:

Prosseguia a nossa jornada sem maior empecilho, além da macega alta, que nos cercava e precisávamos irremediavelmente cortar, e sobre a qual se tornava a marcha das mais penosas; cortando as arestas das gramíneas os pés dos soldados. Dito assim, fica até elegante, mas o que se via eram pés vermelhos de sangue, homens praguejando, cobertos da poeira coceirenta do capim seco cortado, melados de suor. Os oficiais não tinham, como os soldados, de cortar mato ou empurrar carretas, carregar mochila e fuzil. Até hoje, lembrando daqueles homens, mistura de guerreiros e carregadores, marchando em ordem debaixo do fogo e do sol, fico me perguntando se a grande heroína da retirada não teria sido essa humilde disciplina. Ao mesmo tempo, também me pergunto se seria assim se aqueles homens tivessem para onde fugir desertando, pois sabiam que sair do quadrado era a morte.

A cada dia eu me convenceria, de qualquer modo, que — repulsas à parte — eu marchava com uma das tropas mais aguerridas que decerto terão se formado neste mundo. Só um quarto era de soldados profissionais; os outros eram homens das mais variadas profissões, da cidade e do campo, até do comércio, muitos com treinamento militar apenas durante a própria marcha; no entanto, todos guerreavam agora como veteranos. Quando a cavalaria nos invadiu, o cozinheiro tinha pegado um machado numa das mãos e na outra uma enorme frigideira, defendendo a carreta que levava seus preciosos caldeirões. Seus ajudantes estavam com facões e machadinhas de desossar, mas não precisaram usar essas armas, que nenhum cavaleiro conseguira chegar perto da Cozinha, mais defendida pelos soldados do que o próprio Comando.

Agora a tropa sabia que até os cozinheiros lutariam, e também sabiam agora que sabiam lutar, estavam provados na batalha e isso dava a cada pelotão uma firmeza que parecia até indiferença pela morte. Cada um fazia o que tinha de fazer, na hora em que era preciso fazer, a segunda fileira recarregando calmamente os fuzis enquanto a primeira fileira disparava, a terra tremendo com o tropel da cavalaria e aqueles milhares de dedos manejando tranqüilamente a munição, a culatra, o ferrolho, o gatilho, e lá caíam paraguaios.

Foi essa disciplina que botou os paraguaios em fogo cruzado quando invadiram o quadrado, com os infantes podendo atirar à vontade, sem medo duma fileira alvejar a outra, porque os cavaleiros ficavam mais alto que os homens agachados. Alguns cavalos pulariam a fila de homens agachados, mas eles continuaram a atirar como se nada tivesse acontecido, além de um ou outro companheiro ao lado ficar de repente com uma lança no peito.

Os paraguaios iam descobrindo que nossos homens já não atiravam mais em rajadas, fileira após fileira, não: cada um escolhia seu alvo, numa fuzilaria espaçada, como um pipoqueio, enquanto iam caindo os cavaleiros e o ataque perdia o ímpeto. Dezenas de vezes eu veria sortidas de cavaleiros tentando abrir uma brecha em nosso quadrado, e aqueles homens de pés sangrentos, com facões na cintura e mochilas nas costas, sem medo nem pressa iriam honrando o chumbo do Pedro, como diziam, a munição do Imperador.

Os paraguaios galopavam pelos campos em volta de nós, fora do alcance dos fuzis. Um chegou perto do bico da retarguarda, onde ia um dos nossos canhões, e começou a gritar insultos, aproveitando que estava a favor do vento. Os quatro soldados da guarnição do canhão assestaram os fuzis nos aros das rodas, para firmar a pontaria, e atiraram quase juntos. O cavalo caiu lá longe, o cavaleiro fugiu correndo. A tropa explodiu urrando e rindo. De vez em quando um artilheiro também mandava uma granada no meio de algum grupo de cavaleiros, e a tropa de novo delirava. Sinto dizer, creio que a guerra faz bem aos homens; nunca vi homens mais felizes — pelo menos até a hora do rancho.

Deixemos Taunay contar: *Fomos esta tarde acampar perto de uma das cabeceiras do* (rio) *José Carlos. Contávamos poder, à vontade, nos dessedentar após um dia dos mais penosos, numa atmosfera escaldante. Mas ali só encontramos água turva e detestável e como, por cima de tudo, tarde chegáramos a este triste pouso, com o sol posto, nada tivemos para dar, nem água nem pasto, aos nossos bois estafados e cujo olhar invocava a nossa compaixão. (...) Tivemos de nos contentar com um quinto da ração costumeira, ou, para melhor dizer, faltou comida. Em vez de vinte e dois bois, que até então diariamente se abatiam, quatro apenas foram mortos, escolhidos entre os mais miseráveis de nossas juntas.*

Foi-se também, naquela noite, todo o resto de arroz, de farinha, de legume seco. As carretas de provisões agora levavam feridos. Taunay conta que uma negra, de quem se digna dar apenas o primeiro nome, Ana, ajudava os médicos a cuidar dos feridos. Na verdade, Ana e Maria se tornariam as enfermeiras-chefes, comandando outras mulheres e mesmo soldados pouco feridos, que viravam enfermeiros dos outros. As mulheres iam assustadas; sabiam que os paraguaios não matavam as mulheres, levavam como escravas. Mas Maria sabia que, por ser meia guarani, seria morta assim que fosse capturada ou houvesse rendição. Novamente eu tinha arranjado pretexto para ir até o Comando, e lembro dela falando disso, enquanto uma bela lua clareava o campo coalhado de soldados dormindo.

— De modo algum vamos nos render — garantiu Taunay — Com os canhões se revezando em cobertura, podemos recuar até Nioaque debaixo de fogo.

Estava otimista como sempre:

— A infantaria deles tem pontaria muito ruim; a cavalaria não é decidida porque avança sem cobertura de artilharia, que já ficou pra trás.

— Eu conheço os paraguaios — Maria falou baixinho — Vai ser um inferno.

Os dias diriam que os dois tinham razão[14]. No dia seguinte levantamos acampamento com o sol, voltamos a lutar com a macega. No começo da tarde, os bois dos canhões começaram a deitar, de exaustão e fraqueza. Os soldados também arriavam; então paramos num morro baixo, onde uma fonte podia dar água para os animais; e aí começou o inferno. Os paraguaios começaram a usar uma arma que conheciam muito bem: os incêndios na macega, tentando envolver nosso quadrado. A crueza da guerra a partir dali, sem grandes manobras e façanhas, começaria a fazer Taunay enxergar melhor os homens:

Já Lopes, porém, pusera em movimento todo o pessoal de que podia dispor, ordenando que a toda pressa se cortasse a macega, em torno de nós, e apenas cortada fosse carregada o mais longe possível. Ele próprio, a tudo atendendo, providenciou para que os soldados vigorosamente a cobrissem de terra e a acalcassem bem, o que se não pôde executar sem muito sofrimento e grandes esforços dos trabalhadores.

Nossos soldados profissionais jamais teriam a habilidade com o facão e a foice que os voluntários lavradores mostraram ali, cortando capim para fazer os aceiros e salvar a tropa do

[14] A essa altura, as sessões de ditado com meu pai eram diárias, porque eu sentia a ansiedade dele em encerrar suas lembranças, e eu também estava interessado.

fogo, do mesmo modo como cortavam cana ou capim para o gado em seus sítios de Minas e São Paulo. Naquela hora, em que cada minuto e cada facão foi precioso, pode-se dizer que nossa Agricultura nos salvou.

Na luta contra o fogo, vários soldados se intoxicariam com fumaça, um até morrendo, mas graças aos aceiros o fogo passou por nós. *Quando a nossa gente, extenuada e morrendo de sede, após esta luta acrescida à fadiga da marcha, correu à fonte vizinha do acampamento, ali já achou os paraguaios emboscados. Nada menos de duas companhias foram precisas para os desalojar.*

Depois, na última claridade do dia, ficamos vendo longe um solene desfile dos paraguaios, com bandeiras e fanfarra, cavalaria e infantaria, decerto para nos desmoralizar. Mas um dos nossos canhões jogou lá umas granadas e o desfile foi rapidamente encerrado. Nossa gente, porém, nem tinha mais ânimo de festejar mais essa façanha. Taunay bem registrou:

A enorme elevação de temperatura, subitamente ocorrida, bastava para explicar o acabrunhamento em que caímos, o desfalecimento moral que se lhe seguiu. Não sabíamos, aliás, como seria possível avançar. Estavam os animais de tiro de nossos canhões esfalfados, sobretudo os bois, mais ainda que as mulas; e incapazes de dar um passo. No entanto era mais que urgente não perdermos um instante em recomeçar a marcha. Entre uma infinidade de razões não devíamos deixar tempo ao inimigo, que agora nos precedia, para fortificar algum ponto à nossa frente, impedindo-nos a passagem. Sabe-se quanto os paraguaios são aptos em movimentos de terra, cavar fossos e levantar redutos. Vem-lhes a tradição dos seus mestres, os padres da Companhia de Jesus, que cultivavam todas as artes, sobretudo a arquitetura e a engenharia militar.

O comandante ordenou diminuir a bagagem para reforçar as juntas e parelhas dos canhões e das carretas indispensáveis. Ali ficariam uniformes de oficiais, engalanados, cobertores e selas, camas, mesas e banquetas de campanha, desmontáveis, que os soldados quebraram e espalharam pelo capinzal. A maioria dos soldados já tinha largado as mochilas, todos queriam levar menos carga, homens e animais. Então destacaram-se outras heroínas, as mulas, as únicas que continuavam a suportar tudo, levando a munição que nos garantia a vida. Ou, conforme a visão oficial de Taunay: *As bestas, libertas da carga, foram destinadas ao transporte do cartuchame*.

Aí caiu um toró infernal, um inferno de água. *Durante toda a noite mantiveram-se de pé os nossos soldados encostados às espingardas que haviam fincado no solo pela baioneta. (...) Não havia em todo o acampamento uma só gota de álcool, capaz de entreter o calor interno que nos fugia*. Mentira do tenente Taunay: ele tinha uma garrafa de conhaque pela metade, que veio dividir com Maria, me oferecendo também.

Acabei ficando com a garrafa, enquanto Maria se enfiava debaixo da capa de Taunay, e sumiram na cortina de chuva. Lembro que bebi sentado com as costas numa roda, o menino e outras crianças debaixo da carreta.

Vários dedos de água cobriam o solo, era perigoso deitar e se afogar dormindo. Me lembro de acordar no chão, Taunay me cutucando. Para se fazer ouvir naquele toró era preciso gritar, e a certa altura ele gritou:

— Se eu fosse o comandante paraguaio, atacava agora com infantaria, uma carga de baioneta!

No meio do dilúvio ele ainda pensava em táticas de guerra. Maria dormia deitada, com a cabeça na coxa dele. Volta e meia eu precisava ir cuidar de alguma criança. Acabei ficando com o menino no colo. Amanhecendo, Taunay fez um funil de papel e encheu de água de chuva a garrafa vazia, me entregou:

— Para as crianças.

Íamos começar a marchar, de barriga vazia, quando a tropa recebeu um golpe moral: um soldado tinha achado um jornal com um paraguaio morto, e lá estava a notícia de que as fortalezas paraguaias ao Sul, Curupaiti e Humaitá, continuavam resistindo e a guerra parecia longe de acabar.

Espalhou-se o boato, com a rapidez das más notícias, extinguindo as últimas centelhas de confiança e da coragem: foi-nos impossível marchar a 13.

Taunay tentou levantar o moral dos homens, passando pelas companhias, a meio galope e gritando com o sabre na mão que a ordem do comandante era descansar:

— Mas amanhã — ele acrescentava decerto por conta própria — continuamos a empurrar esses paraguaios!

Para o herói, mesmo em retirada marchávamos contra o inimigo. Os soldados olhavam para ele abobalhados de cansaço, alguns iam dormir o dia inteiro. Outros cataram toda planta que parecesse comestível, e as mulheres fizeram de novo suas milagrosas sopas. Aproveitei para reler um dos livros que eu ia abandonar ali, e que Taunay pegaria com curiosidade.

— Conhece os franceses? — perguntou com intimidade.

— Que franceses?

— Os romancistas franceses, naturalmente.

Não, eu não conhecia, eram livros que cruzavam o oceano a alto custo, e eu vivia de soldo. Também não sabia que aquele conhecimento literário daria a Taunay a ligeireza para escrever seu livro, enquanto eu ficaria meses atolado no meu. Mas ainda era a ele que tinha de agradecer pelas nossas bolsas de secretaria, com os papéis e diários enxutos apesar daquele dilúvio. No dia seguinte, quando levantamos acampamento, eu com o coração preto de ver Maria dormindo nos braços dele, larguei os livros no chão e soldados correram a pegar.

— Pra acender fogo, tenente, não tem coisa melhor!

Meu consolo era o menino, que abria os braços quando me via, queria ir no meu colo, e com isso eu podia ir no 47.

Saíamos do dilúvio para um dia de céu azul e sol de fogo, mas o 47 ia animado e o menino feliz, rindo e batendo palmas.

Para evitar um desfiladeiro onde podiam nos emboscar, Lopes nos levou por uma mata onde, de novo, os homens mostraram seu valor abrindo mato a foice, facão e machadinha. Uma companhia ceifava até arrebentar as mãos, com bolhas sangrando, então outra companhia pegava as ferramentas e a luta contra o mato continuava sem um minuto de trégua. Os soldados reclamavam do aço do Pedro, nossas ferramentas que logo perdiam o corte diante dos cerrados de bambus e taquaras, que era preciso derrubar para passar com as carretas e os canhões. Os homens tomavam muito cuidado para não pisar nas pontas cortadas ou se ferir com espinhos: uma simples inflamação naquele calor, sem medicamentos, também podia ser a morte, que agora passaria a nos rondar por fora e por dentro do quadrado.

Deixai toda esperança, vós que entrais neste inferno — o verso de Dante me batia na cabeça. Era uma loucura levar crianças por aquela capoeira recém-cortada, cheia de farpas e pontas como pequenas lanças saindo da terra, e arvorezinhas garranchentas com espinhos que rasgavam a roupa, a pele.

Quase no fim do dia, já de novo em campo aberto, vimos um morro plano com arvoredo, sinal de água, mas lá já estavam paraguaios. Duas granadas e eles deixaram o lugar, mas nossa tropa já não festejava a pontaria do artilheiro. Muitos tinham olheiras tão escuras que pareciam pintadas.

Pelo menos os animais puderam beber e pastar, enquanto eram carneados os bois mais cansados. Vi que meus livros acenderam várias fogueiras, de lenha úmida do cerrado, que encheu o ar de fumaça. Ao mesmo tempo, estávamos cobertos de fuligem das queimadas na macega, e muitos pareciam negros, os cabelos desgrenhados feito lobisomens, comendo das cuias com as mãos, engolindo inteiros pedaços de carne dura dos bois de carro, tossindo engasgados e voltando a comer com os olhos úmidos de dor. Outros mascavam carne de cavalo, desfiavam mordendo e puxando com os dedos, voltavam a mascar. E eis que o tenente Taunay desfila com seu cavalo e uniforme limpo, depois de tomar banho na bica.

— Abotoe a farda, tenente — me falou de passagem — Temos de elevar o moral.

— Vá à merda, tenente — falei baixo mas Maria ouviu.

— Por que você não gosta dele?

Fiquei olhando para ela.

— Porque eu gosto muito de você[15].

Maria não falou nada um tempo, depois que me declarei ali no meio de um inferno, continuou cortando fígado de boi sobre uma tábua, para a sopa das crianças. Eu tinha pedido ao comandante que ao menos um fígado por dia fosse reservado para elas, e Maria tinha repetido várias vezes que eu era um homem muito bom. Aquilo começava a me irritar, eu não queria só a gratidão ou mesmo a admiração dela. Percebendo isso, ela evitava me olhar nos olhos, o que mais me irritava.

— O menino gosta muito de você — ela falou — Se eu morrer, cuida dele — pediu com aqueles olhos negros.

Quando estava pronta a sopa de fígado cortado miudinho, para as crianças não engasgarem, Taunay apareceu com os tenentes artilheiros, os quatro e seus imediatos. Os poucos bois mortos — com o que teríamos de largar mais carretas — já tinham sumido nos caldeirões, nas fogueiras e nas goelas, e muitos homens tinham bebido o sangue dos animais, pegando nos baldes com as canecas, sem nem dar tempo às mulheres de ferver. Agora, o comandante mandava que os artilheiros recebessem uma ração extra, de sopa de fígado, e Maria se botou diante do caldeirão:

— Esta sopa é dos *niños*!

Taunay explicou que a coluna dependia da disposição e da saúde dos artilheiros.

Ela pegou as cuias de cada homem e encheu com tristeza, as crianças olhando. Os homens ficaram soprando e bebendo

---

15 Ditando com o olhar distante, meu pai fazia pausas longas, parecia estar ainda tentando compreender o que aconteceu. Também parecia até esquecido de mim, tão sem vergonha de contar essas coisas, porque, acho, deve ser como dizem, os velhos voltam a ser crianças e crianças não têm vergonha dos sentimentos.

aquilo, um caldo sem sal, que a chuva tinha levado todo nosso sal. Na noite clara de lua, os soldados da guarnição da Cozinha olhavam com inveja, mas sem rancor, os oito homens com as suas cuias. Sabiam que era uma sábia decisão, pois sem os canhões para ir cobrindo a retirada, nós não teríamos chance.

— Pegue eles, artilheiro! — gritou um.

— Arrebenta com eles! — gritou outro.

Os artilheiros bebiam as cuias soprando e chupando. Nas fogueiras se fazia sopa de ossos, de couro, de miúdos, e os cozinheiros lavaram as buchadas com água fervente, para depois deixar cozinhando até o amanhecer. Um descanso, uma sopa, um tempo bom e já ia levantando o moral. Um imediato disse que, se não fossem os exercícios que o comandante tanto tinha inventado pelo caminho, não saberiam agora manobrar e atirar tão bem. O quadrado avançava tão fechado, marchando tão regularmente mesmo em terreno tão ruim, que os comandantes não recebiam mais ordens nem faziam mais relatórios por escrito. Os poucos cavalos se esfalfavam de correr a coluna em marcha ou o acampamento, os mensageiros levando ordens ou os oficiais avaliando situações, fosse um encalhe ou uma escaramuça. Os paraguaios não paravam de nos cutucar com cavaleiros ou descargas de fuzilaria, que quase não mais alcançavam ninguém.

A coluna se atolava nos pântanos onde nascem vários afluentes do Rio Apa, e às vezes era preciso uma companhia inteira ajudando os bois dos canhões e das carretas, os homens empurrando com as mãos ou puxando com grossas cordas navais que vários agarravam. Com aquelas olheiras, aos trapos, pareciam fantasmas de algum pesadelo ao amanhecer.

Partíamos bem cedo para aproveitar que a macega só poderia ser queimada pelos paraguaios quando secasse o orvalho, conforme Lopes orientou. Sem aquele velho, a coluna já teria acabado várias vezes; ele terá sido, sim, um herói civil daquela aventura militar. Várias vezes nos salvaria ainda, orientando onde fazer aceiros, como combater fogo com fogo, quando os paraguaios fossem incendiando a macega sempre que o vento soprasse para nós. Taunay descreveu assim:

Tem este gênero de incêndio feição toda especial e de que nem uma cidade inteiramente devorada pelo fogo poderia dar idéia. Cresça a distância de onde vem as chamas tangidas pelo vento, que as domina, e mais formarão elas, em todos os obstáculos encontrados, contra-correntes espalhadas em todas as direções, animadas como de inextinguível furor. Do combate, que no ar travam, saltam clarões ofuscantes, ardentias e deslumbramentos que cegam e abrasam a pele do rosto. Deve ser um estilo francês, mas o certo mesmo é que quem mais sofria eram as crianças, e os feridos levados naquele sacolejo das carretas e carroções.

Taunay bem lembra: *Não podiam os olhos conservar-se abertos no abrasado ambiente que atravessávamos.* Ainda lembro que ele estava com os olhos vermelhos, lacrimejando, quando veio me trazer uma ordem do comandante: eu ficava oficial encarregado da guarnição que defendia nossa desmantelada Cozinha, além das mulheres, das crianças e dos feridos, que iam agrupados. Na verdade, não era uma guarnição, mas uma trintena de feridos leves que ainda podiam caminhar e lutar se preciso. À nossa frente, iam as mulas e carretas das munições, com uma guarnição de homens fortes e bem armados, comandados por um sargento feroz. Naquela altura, como secretário militar eu não tinha mais função, e me admirei do comandante ter encontrado para mim serviço que me servia, pois na prática já era eu quem cuidava das crianças.

— Foi sugestão minha — Taunay piscou e, para poupar o cavalo, voltou a trote lento para o Comando, que agora se reduzia ao comandante e sua guarnição andando como todos os outros homens, também para poupar os cavalos. Acho que se esqueciam do 47 por estar o meu amigo, àquela altura, com três crianças no lombo, marchando entre dois carroções. Mandei um sargento dizer aos médicos e ao cozinheiro que eu comandava o rabo da retaguarda dali por diante, e logo em seguida começou mais um incêndio nos acuando num capão. Mandei enfiarem os carroções de feridos no mato.

Para Taunay, foi até divertido: *Um dos capões a que nos encostáramos compunha-se em grande parte dessa espécie de bambus chamado taboca, cuja haste nos internódios é oca. Nelas produzia o fogo detonações semelhantes às do canhão: começamos a crer que a artilharia paraguaia tornara em linha. Pôs-se o velho Lopes a zombar: "Bem se vê que os senhores são novatos nestas terras!"*

Entretanto nós, ali no rabo da coluna, ficamos apenas com uma rala ponta do capão, portanto sem as costas cobertas naturalmente pelo mato; e aquelas detonações fizeram os feridos se levantar decididos a lutar pela vida, enquanto as mulheres começavam a gritar. Os homens da guarnição olharam o sargento, o sargento me olhou e eu não sabia o que fazer.

— Baionetas! — gritou o sargento, mas os homens já estavam todos com baionetas caladas, esperavam o ataque da cavalaria surgir por entre as chamas e a fumaça, não haveria tempo de formar fileiras ou mesmo fazer mira, então todos já estavam com as baionetas prontas, os feridos todos armados. Com aquele metraqueio aumentando, vindo da direção do fogo, pensamos que era fuzilaria da infantaria paraguaia, ali perto, e então vários feridos saíram dos carroções, e lembro também de um dos médicos conferindo uma pistola.

Olhando em volta, vi que cavaleiros também podiam vir por trás, pela capoeira rala, e mandei um pelotão cobrir as bocas do mato. Era preciso gritar para ser ouvido naquele metraqueio que, nós ainda não sabíamos, era só mato estralando no fogo. Gritei, mas mesmo assim os soldados não entenderam, e ia gritar de novo quando Taunay desmontou apontando:

— Cubram as bocas do mato!

Os homens correram a fazer o que eu ia ordenar, justo quando três cavaleiros irromperam por lá. Um galopou girando o sabre entre as carretas, procurando atingir alguém, mas de tão afoito nada conseguiu, continuou galopando na direção das chamas, sumiu na fumaça. Os outros dois foram logo derrubados pela fuzilaria do pelotão, e alguns soldados foram cumprimentar Taunay com suas continências desajeitadas, outros foram matar os cavalos para o rancho, antes que o comandante requisitasse.

Muitos homens tinham as roupas em frangalhos, e me vi pensando em botões; exatamente, não falando com meus botões, mas pensando neles. Pois um oficial, reza a cartilha, tem que cuidar do uniforme como do próprio corpo, para dar exemplo e impor-se à tropa pela excelência já da própria aparência. Mas nem mesmo o comandante tinha ainda todos seus botões, e muitos homens fechavam as roupas com cordões[16].

No meio daquele tumulto do acampamento, me dediquei a pensar nos homens de outrora, de um tempo antes ainda da existência de botões: pois com *que* esses primitivos parentes nossos fechavam seus agasalhos de peles? Talvez o mais antigo dos botões tenha sido uma lasca de osso trespassada no couro; e, vendo o estado de nossos soldados e oficiais, pensava se não iríamos, em nome da civilização e da Pátria, voltar a esse estágio de lutar até com os dentes e vestir peles de animais. A guerra, sob qualquer justificativa, me pareceu então, e sempre, um retorno da Humanidade aos seus tempos bestiais. Tratei, portanto, de costurar melhor meus últimos botões, com linha e agulha que Maria ainda tinha como por milagre, ou por ser mulher e mãe. Ela até quis fazer o serviço, eu disse não, ela não insistiu.

Engraçado como a gente lembra de detalhes, uns botões, que, na verdade, significavam mais que apenas isso: eram a minha sobrevivência, pois, mesmo não gostando, sabia que da disciplina, e portanto da autoridade dos oficiais, eu inclusive, ia depender a sorte da coluna. Se nos dispersássemos, os pa-

[16] Da caixa de bolachas meu pai tirava papéis velhos, anotações que lia ou que lhe deviam servir para avivar a lembrança. Agora me parece que, além de cumprir seu dever de consciência, ele estava gostando disso, embora nossos ditados fossem cada vez mais curtos: ele se empolava, falava demais, perdia o fôlego, mas continuava, apesar do médico insistir que ele devia parar com isso.

raguaios nos pegariam grupo a grupo, homem a homem. Os oficiais teriam de ser a coluna da coluna, mantendo aquela retirada em ordem através do inferno.

Naquele fim de tarde, quando a coluna acampou, os soldados estavam tão esgotados que muitos simplesmente caíam no chão. Taunay, certamente não por minha causa, volta e meia passava ali pelo meu setor. (Meu setor... Engraçado também como somos todos vaidosos, e um simples cargo ou título, qualquer responsabilidade, já nos faz valorizar o que antes se depreciava.) Eu agora andava a preparar a defesa do rabo da tropa, falando a cada um dos três pelotões que, se os paraguaios já tinham tentado entrar no quadrado ali pela retaguarda, podiam muito bem tentar de novo. Rompida a linha de defesa, teriam a defender as crianças e as mulheres apenas aqueles pelotões, mais a guarnição da Cozinha que se preocuparia muito mais em defender as panelas. Portanto, expliquei aos sargentos, era preciso preparar nossa própria defesa.

Os homens queriam dormir, mas fizemos com que formassem três fileiras, a última formada pelos próprios feridos, que atirariam dos carroções caso as duas primeiras fileiras não sustentassem ritmo de fogo. Demos a eles pistolas e revólveres que a tropa tinha recolhido dos paraguaios mortos, e deixamos também seus fuzis carregados nas carretas. Assim, para chegar às mulheres e crianças, o inimigo teria de enfrentar quatro barreiras de fogo. Antes dos feridos e das crianças, haveria ainda uma linha de oficiais — eu, os dois médicos, o cozinheiro e os dois sargentos, cada um com várias pistolas. Agora eu cuidava do sabre que Taunay tinha me dado, e que quase tinha deixado no último acampamento. Acho que fui o último a me preparar para o combate na coluna, mas a julgar pelo ânimo dos feridos, toda a coluna estava preparada para lutar até o último homem, já que na Guerra do Paraguai...

— Eles não fazem prisioneiros — Taunay disse para as mulheres — mas fazem prisioneiras.

Ele tinha interrompido meu exercício com a guarnição, que já estava gostando da coisa, para comunicar uma decisão do comandante:

— Quem das senhoras quiser deixar a coluna, enviaremos junto um oficial com bandeira branca, esperando que os paraguaios respeitem ainda, pelo menos, a bandeira branca.

Parecia personagem de romance falando daquele jeito, como se declamasse num salão. (Eu não sabia que ele seria romancista famoso, autor do consagrado *Inocência*, que acho um tanto maçante; para mim, seu melhor livro é mesmo o que me roubou, *A Retirada da Laguna*.) As mulheres olhavam para ele abestalhadas. Elas não entendiam direito, mas como oficial eu sabia o que aquilo queria dizer: o comandante via grandes possibilidades de toda a coluna ser massacrada, daí tentar salvar ao menos as mulheres e crianças.

Maria tirou a pistola do cinto:

— Eu fico, e acho que deviam dar armas para todas!

Umas resmungavam; havia entre as mulheres algumas viúvas que talvez até tivessem sorte melhor entre os paraguaios. Maria não se iludia:

— Melhor morrer aqui do que servir de puta pra eles!

Apontou uma menina de seus catorze anos, os peitinhos cutucando a camisa:

— Essa menina aí, vai passar um batalhão por ela, depois vão enfiar uma lança, é isso que eles fazem!

As mulheres sabiam que era verdade; o que ninguém sabia ainda era que, nesse específico setor da guerra que se dedica à vingança e à bestialidade, as tropas brasileiras se igualariam às paraguaias depois da invasão do Paraguai pelo Sul. Agora, no entanto, o comandante tinha o dever de oferecer ao pessoal civil aquela escolha. (Isso, bem entendido, para o pessoal civil *feminino*, digamos assim bem ao gosto militar, pois os civis, comerciantes e vaqueiros, mesmo os mascates mais velhos que nos acompanhavam ainda, prisioneiros também do cerco à coluna, seriam decerto mortos antes de abrirem a boca para negociar pela vida.)

Acontecia que uma pobre nação mestiça, engenhosa e independente, no fundo lutava contra o mundo ao guerrear contra nós: contra a Inglaterra, que nos financiava; contra os espanhóis, que lhes tinham arrasado a nação guarani; contra a Europa e aquela gente branca que tinha invadido não só a terra mas também o sangue paraguaio, tanto que o próprio chefe, López, era meio guarani e meio espanhol. E essa parte espanhola do sangue deles tinha ainda um histórico ódio da parte portuguesa de nós brasileiros. Só esse ódio ancestral de raça contra raça, raça remoendo raça, como remorso a ser lavado com sangue, pode explicar a sanha da Guerra do Paraguai.

As mulheres sabiam, portanto, que deviam pensar bem na proposta do comandante. Mas a negra Ana acabaria falando por todas:

— Diga ao Coronel que nós vamos é de volta pro Brasil, viu?

O tenente Taunay colocou o chapéu sorrindo, com aquelas olheiras, e disse que era uma honra levar tal notícia. Galopou de volta um estirãozinho, continuou trotando lento. Cada olhar que Maria esticava para ele era uma lança espetando no meu peito. Todos sofriam naquele inferno, mas eu sofria dois infernos, tinha outro na alma. Mas, também, talvez aquela paixão me anestesiasse para as outras dores, pois me lembro que quase todos gemiam, cuidando de calos e ferimentos, quando anoitecia, e eu ainda treinava nossa pequena defesa. De repente, novo incêndio na vanguarda, para onde se dirigira Taunay:

O fogo (...) já nos cegava e vinha-nos ao encontro, desta vez, porém, precedido dos próprios paraguaios. Julgavam que um ataque cerrado obstaria a manobra pela qual até então nos tínhamos defendido do incêndio. Desfilou sua infantaria ao longo de um brejo, em que se apoiava o nosso 21º batalhão.

Tendo pelas costas a fumaça, que nos açoitava em cheio o rosto, graças ao vento que reinava, lançaram-se sobre o flanco da nossa vanguarda.

Aí Taunay conheceu, na vanguarda, o que eu já sabia na retaguarda: a nossa pobre Infantaria descalça e faminta era uma força militar feroz. Rechaçaram — me pego a usar esses verbos militares, mas é verdade — rechaçaram os paraguaios e nem comemoraram a vitória:

Então, já no meio de nós outros, esses homens estafados, a quem poderíamos chamar nossos salvadores, caindo de cansaço e sofrimentos, com os rostos queimados, as goelas secas, ardentes, deixaram-se ficar largo tempo estirados no chão sem voz nem movimento. Três dentre eles nem se ergueram mais; e muitos outros para sempre ficaram enfermos e valetudinários.

Quão feia foi a luta na vanguarda vimos depois, quando Taunay voltou para dormir com Maria, sem botas — tinham se queimado. Quem jamais andou por campos bravos como aqueles de Mato Grosso, o nome já diz, nunca saberá como se gastam depressa sapatos, botas, sandálias, chinelões de couro cru que fediam mais que carniça, tudo que os soldados inventavam para ao menos cobrir os pés. E agora começavam os oficiais a ficar descalços. Maria começou a costurar umas meias de trapos para Taunay, enquanto eu fazia mais uma sopa para as crianças e depois dividia com os médicos e os cozinheiros o miolo duma cabeça de boi, cozida inteira na mesma sopa e depois aberta a machadadas. Umas poucas colheres serviam para todos, cada um tirando três colheradas daquele manjar branco e passando a colher a outro. Depois a cabeça vazia voltaria a ferver, e as crianças, cada uma com sua caneca, voltariam a esperar mais um pouco de sopa.

Pela manhã, um limoeiro bravo tinha aparecido no nosso caminho, e ao lado se via ainda vestígios de paredes de pedra. Os limões eram pequenos, as cascas enferrujadas, mas muitos soldados enfiaram inteiros na boca. O cozinheiro conseguiu catar alguns, e assim tivemos limão para regar aquele miolo do boi; acho que foi uma das melhores comidas da minha vida. Ter fome é uma coisa, outra coisa é ter fome e marchar guerreando. Os soldados tentavam comer todo tipo de folhagem, frutinhos do mato, raízes.

Quando terminamos nosso treino de defesa, a maioria da tropa já dormia, naquele sono com a mão na arma e os joelhos no peito, os homens amontoados e encolhidos porque até os capotes já tinham deixado para trás e a noite esfriava.

— Nenhum conhaque, tenente? — provoquei Taunay; o Comando me fazia agressivo.

Ele já não andava tão otimista:

— Porcaria de guerra.

— Os porcos não guerreiam, tenente.

Ele ficou quieto, massageando os pés nas meias pretas de fuligem. Maria costurava à luz da fogueira, com agulhas de ossos, umas meias de couro tipo guarani — que ironia — que Taunay usaria naqueles dias. Ele estava com o cavalo, sinal de que deveria voltar logo ao Comando. Ela feria os dedos trespassando o couro a punhal para passar a agulha. Ele deitou com o chapéu na cara, suspirou fundo e achei que ia dormir ali do lado da fogueira, como um simples soldado. Mas ele falou através do chapéu:

— Sabe, tenente, eu sei que o senhor acha esta guerra um absurdo.

— Toda guerra, tenente.

Ele suspirou, tirou o chapéu para me olhar:

— Os porcos não formam países, tenente, por isso não guerreiam quando seu país é invadido.

— E por que guerrear? — questionei — Que é que poderia acontecer pior que a guerra?

Ele voltou a botar o chapéu na cara:

— Ser escravo, tenente.

Eu não sabia que ele ainda seria o senador Taunay, líder abolicionista que faria discursos em três ou quatro idiomas, pelo mundo afora, contra a atrasada escravidão no Brasil.

Perguntei se ele sabia que aqueles mesmos guaranis que a gente combatia eram descendentes dos sobreviventes das missões jesuíticas, massacradas pelos bandeirantes paulistas em todo o Sul do Brasil. Perguntei se sabia que, dois séculos atrás, conforme o Padre Montoya, superior dos jesuítas no seu famoso livro, só de um dos massacres tinham descido o Rio Paraná umas setecentas canoas e jangadas de sobreviventes, que iriam formar parte do povo do futuro Paraguai. Ele riu:

— Pois é, tenente, deve ser por causa dos padres que eles agora atiram tão mal.

Depois me perguntou muito interessado, como se eu fosse um bicho estranho:

— Tenente, posso perguntar por que está no Exército?

Eu podia responder que era porque não tinha podido escolher como ele, candidato a herói, filho de família rica, com biblioteca em casa; eu apenas quisera um dia aqueles livros todos que vi enfileirados na primeira biblioteca que conheci, e que — por acaso, destino, ordem de Deus — era de um coronel que acabaria me enfiando no Exército à custa de bolsas de estudo.

— Estou no Exército — respondi — porque gosto dos cavalos.

Ele tornou a botar o chapéu na cara, enquanto Maria lhe pegava o pé para tirar medida.

— Se gosta de cavalos, por que não está na Cavalaria?

A propósito, eu era da Infantaria, e falei que também gostava de andar.

Ele não falou mais nada. O cavalheiro estava ofendido. Fui cuidar das crianças, ele ficou ali até ter nos pés aqueles sacos de couro que Maria lhe amarrou nas canelas, ele ainda deitado. Aí levantou e foi para a vanguarda levando pela mão o seu alazão esquelético. Sua farda estava suja e rasgada, e ele mancava, com bolhas nos pés. Mas, no seu livro, não registraria queixa pessoal:

Tudo parecia insultar-nos as misérias: a fome, com todas as suas torturas e o seu triste prelúdio, esse desfalecimento que aniquila a coragem e a vontade. De tudo carecíamos, oficiais e soldados. Vivíamos andrajosos, mas a privação do calçado era em geral muito menos sensível a estes do que àqueles, cujos pés estavam intumescidos e ensangüentados. Nesta noite enregelou-nos o vento Norte, e ao mesmo tempo nos achamos expostos a um desses orvalhos, que já nos haviam feito sofrer tanto, e isto quando ainda nos podíamos precaver com algumas roupas de agasalho.

Mas tudo sempre podia piorar. Amanhecendo já estava a tropa de pé, encharcados de orvalho e tossindo, e começamos logo a marchar, de estômago vazio. Taunay registra que o guia Lopes parecia perdido, levando a coluna em ziguezague; mas, na retaguarda, eu não podia saber disso. Sabia que os paraguaios continuavam em volta de nós, gritando dos morros, pelotões galopando para lá e para cá pelo campo. As crianças me olhavam como se eu pudesse virar comida, olhavam o cozinheiro. Eu cortava aqui e ali brotos de capim para o 47, botava na boca do bicho e ele mascava marchando, muito animado com as crianças no lombo.

Mais uma vez as ferramentas e o trabalho braçal nos salvariam: para cruzar o Rio das Mortes, a vanguarda teve de rampar as ribanceiras para a passagem das carretas, e de novo valeria a nossa experiência agrícola. Com dezenas de pás e picaretas, que iam trocando de mãos assim que cada um cansava, os soldados lutaram com a terra e as pedras. Enquanto isso, a retaguarda se postou com o rio às costas, para a defesa contra algum ataque paraguaio. Se eles lançassem ali um ataque cerrado, podia ser o nosso fim. Só depois da guerra iríamos saber que eles também passavam fome e andavam fracos a ponto de cair dos cavalos; e além disso tinham muito respeito pelos nossos canhões.

Companhias de infantaria paraguaia e corpos de cavalaria se formaram diante de nós, fora do alcance de tiro dos fuzis. Aí começou a bravataria: *Nós os provocávamos, contudo, e, de tempos a tempos, iam os nossos obuses cair no meio deles. É difícil compreender por que se haviam desfeito da artilharia com a qual poderiam responder à nossa; coisa que apenas faziam por meio de gritos e assuadas.*

De repente aparece Taunay, correndo com aqueles couros nos pés:

— Me dê o cavalo! — gritou pegando o 47, e galopou para fora das linhas com um sargento também montado. Galopou até quase ficar ao alcance de tiro, aí desmontou com os binóculos do comandante, enquanto o sargento segurava os dois cavalos; e ficou olhando o inimigo, contando as companhias enquanto os paraguaios xingavam e atiravam.

— Esse filho da puta vai matar o meu cavalo — pensei em voz alta.

— Não vai, não, tenente — falou meu sargento.

Os homens olhavam sorrindo a bravata de Taunay.

Dois cavaleiros paraguaios avançaram pelo campo, com lanças, e vimos o sargento de Taunay chamar a atenção dele, apontando com o braço enquanto a tropa inimiga urrava. Taunay montou calmamente, tirou o sabre, firmou-se nos arreios com os pés grandes de couro, a mão esquerda segurando rédea e pistola. Nossa tropa urrou também, aclamando a luta. A intenção era clara: dois homens de cada lado, uma guerrinha no meio da guerra. Maria cruzou as mãos no peito ao meu lado:

— Ele é louco!

Falei que não:

— É um herói...

Ela pensou que eu falasse sério, e me olhou arregalando os olhos, como a dizer "Até tu, Rufino?" Balançou a cabeça, desanimada:

— Homem é isso. Vocês gostam disso, *cierto*?

Quando os dois cavaleiros paraguaios chegaram perto, ela fechou os olhos e Taunay e o sargento se separaram galopando, e cada paraguaio foi atrás de um. O sargento voltou para nossas linhas, mas Taunay foi na direção da tropa deles, já ao alcance de tiro, e continuou em frente, o paraguaio atrás. A cinqüenta metros da tropa, ele deu meia-volta e arrancou contra o cavaleiro. As duas tropas urraram quando eles se cruzaram, lança contra sabre. Não se atingiram, mas Taunay parou, oferecendo todo o perfil do 47 para a linha de fogo inimiga, enquanto o paraguaio já ia voltando. Taunay apontou a pistola como se posasse para um quadro e disparou, acertando o cavalo do paraguaio, que caiu mas logo levantou xingando, enquanto começava a fuzilaria. O 47 disparou para nossas linhas e o paraguaio caiu atingido por bala nossa ou deles, quem sabe.

Nossa tropa aclamou Taunay, enquanto ele vinha mancando devolver o 47. O cavalo pateava, balançando a cabeça, parecia agradecer os aplausos. Maria olhava para ele ainda assustada mas com olhos encantados.

— Obrigado — ele falou me entregando as rédeas — É preciso levantar o moral da tropa.

Lembro, e me envergonho, de ter dito que eu tinha ficado preocupado…

Ele agradeceu, e eu completei:

— … preocupado com o cavalo.

Passamos o rio no começo da tarde, para encontrar mais um incêndio de macega do outro lado. Lutamos contra o fogo, já acostumados. Acampamos, mal tendo ânimo para acender fogueiras. A sopa seria um caldo de ossos dos bois e cavalos da véspera, levados no carroção que antes levava os couros. Agora, os couros eram retalhados pelos soldados, que raspavam aquilo com a faca para comer ou lamber qualquer resto de carne, gordura ou sebo, depois mascavam os pedaços. Enfim comíamos couro e ossos, para o trabalho braçal de lutar contra o mato e o fogo o dia inteiro.

As crianças iam como que atordoadas, algumas choramingando, outras com o olhar perdido, outras ainda agarradas às mães como macaquinho novo. O menino de Maria vivia já mais nos meus braços que nos dela. A tropa dormia largada depois da sopa, as sentinelas dormiam abraçando os fuzis, acho que os paraguaios só não atacavam porque também deviam estar tão cansados quanto nós.

No dia seguinte, 17, esteve o tempo nebuloso e frio. Soprou o vento com violentas rajadas. Tornou-se a marcha muito penosa; tivemos freqüentemente de rentear a macega incendiada, o que a espaço nos forçava a paradas para limpar o chão. Procurávamos também alcançar uns bosques que com trabalho atravessamos, porque ali encontrávamos tocos e madeiras ainda de pé, que a custo podiam os machados entalhar. Víamo-nos ao mesmo tempo apertados pela cavalaria paraguaia à frente, nos flancos e pela retaguarda: estávamos cercados.

E foi mais um dia de inferno, marchando, cortando capoeiras, empurrando carretas, atirando, cavando, roçando, tornando a atirar.

À noite, o inimigo acamparia perto de nós. *Durante toda a noite ladrou a canzoada dos paraguaios, que sempre andavam acompanhados de matilhas. Mal lhes responderam os nossos cães, míseros restos de uma malta a custo disputada à fome dos soldados.*

— Mate um cão — disse Taunay quando soube que as crianças nada tinham para comer naquela noite.

Ele vinha dormir ali na retaguarda, Maria lhe costurava novas meias de couro cru. Agora, parecia um mendigo como todos os outros, e também fedido. Água agora só tínhamos para beber e cozinhar, e pouca.

— Ele tem razão — disse o cozinheiro — Vamos matar um cão.

Ora, os nossos poucos cães eram cuidados por um sargento, o comandante queria que pelo menos meia dúzia voltasse com a coluna, os cães faziam sucesso nos desfiles, e seriam símbolos da integridade da tropa. Foi mais ou menos o que Taunay me explicou, enquanto escolhíamos um dos cachorros. O sargento estava em dúvida, Taunay tornou a mentir:

— É ordem do comandante.

— Mentira que faz bem — me explicou depois — é mentira boa, é como mentir para o inimigo...

Aquele cachorro virou uma sopa que deu para as crianças e os feridos. As duas últimas conchadas foram uma para Taunay, uma para mim, e desmaiamos juntos de cansaço debaixo duma carreta de feridos, Maria entre nós.

A 18, desde a madrugada, começou copiosa chuva que não tardou em ensopar o nosso pobre fato, e nos predispôs mais tristemente para uma marcha ainda mais lenta que a dos dias precedentes. Nem sempre caía chuva com a mesma força, mas havia de vez em quando aguaceiros que não tardavam em encharcar o solo, de modo tal que a cada passo ficavam as carretas presas e retidas nos caldeirões que abriam. Que espetáculo confrangedor o do grupo de nossos míseros enfermos, a quem, sob desabaladas bátegas e no meio dos regatos que elas formavam, tínhamos de deixar no chão!

Enquanto isso, os paraguaios continuavam a atirar, felizmente com aquelas armas ruins e péssima pontaria. Parecia que toda a tropa tossia. *Quase diariamente sucedia que o sol, fraco de manhã, após as noites glaciais, tornava-se depois escaldante. Variação perene que acabava arruinando nossa saúde.*

Novo dilúvio. Demos com um ribeirão cheio, acampamos para mais uma noite depois de um dia marchando. *Morríamos de frio; estávamos a jejuar, e, só com muito trabalho, à meia-noite pudemos ter fogo, à custa de empilhar muita lenha verde que ardia quase sem labaredas.*

As crianças voltavam a me olhar, e eu fui de novo ao sargento dos cachorros, menti que era ordem do comandante e ele fingiu acreditar, já sabendo que era para as crianças. Assim mais um cachorro de olhos tristes foi para o caldeirão, e até seu sangue aproveitamos para um caldo que o cozinheiro deu à nossa guarnição de feridos. Só um boi foi morto para a sopa de toda a tropa, uma meia concha para cada homem na caneca.

Nauseante espetáculo revelou-nos, neste lugar, quanto entre os nossos soldados era a fome tremenda. Ia matar-se um boi estafado, quase agonizante. Formara-se um círculo em torno do animal; cada qual mais ansioso esperando o jato de sangue; uns para o receberem num vaso e o levarem, outros para o beberem ali mesmo. Chegado o momento, atiraram-se todos a ele, os mais afastados e os mais próximos. E assim era diariamente. Mal tinha o magarefe tempo de cortar a rês; era quase necessário arrancar às mãos dos soldados os nacos, a fim de se os levar ao local da distribuição. Os resíduos, as vísceras, até o couro, tudo se despedaçava ali mesmo e era logo devorado mal-assado ou cozido; repulsivo pasto de que não podia deixar de originar-se alguma epidemia.

Fazia tanto frio que os soldados começaram a queimar as carretas, também para assar pedaços do boi. Os nossos feridos ficaram numa única carreta, até porque muitos outros já tinham morrido dos ferimentos de combate, e assim mais bois de carro poderiam ser carneados nos dias seguintes. O comandante concordou com o instinto dos soldados, deixou avivarem as fogueiras de lenha verde com a madeira seca das carretas.

Levamos todo o dia seguinte para transpor o ribeirão, primeiro erguendo uma ponte, *uma improvisada ponte que, experimentada, não apresentava solidez bastante, obra que fora de operários mais debilitados pela fome do que com efeito desprovidos de ferramenta. Julgamos necessário reforçá-la com um tronco enorme de aroeira, encontrado pelas vizinhanças.* O 47 participou dessa engenharia, ajudando a puxar o tronco com as mulas. *Foi só então que a artilharia pôde sem acidente atravessar.* E a carreta de feridos também:

Estava inundada a ribanceira que atingíramos e ainda várias vezes se ensoparam os desventurados inválidos levantados a braço antes de acomodados em padiolas ou cangalhas. E eis que só então, ao ver as mulheres a pé, ajudando a levar feridos, Taunay dedica a elas um parágrafo:

Eram as mulheres que nos acompanhavam setenta e uma, contadas à entrada da ponte. Iam todas a pé, exceto duas, montadas em bestas — eis aí de novo o 47, agora levando outra grávida. As mulheres, ele viu então, *carregavam quase todas crianças de peito ou pouco mais velhas*. Um tenente secretário, ele poderia ter registrado, cuidava das crianças órfãs, mas isso talvez pudesse destoar no meio das pinceladas heróicas com que a retirada devia ser contada.

Por heroína passava uma e todas a apontavam. Havendo-se encarniçado um paraguaio em lhe arrancar o filho, tomara ela de um salto uma espada largada, no chão, e num ápice matara o assaltante. Mais infeliz vira outra o filhinho recém-nascido espostejado por um inimigo, que pelas pernas lho arrancara do colo. Traziam todas no rosto, aliás, os estigmas do sofrimento e de extrema miséria. Ainda vinham algumas carregadas de objetos provenientes do saque: mantas, ponchos, pesadas espadas paraguaias, baionetas e revólveres.

A essa altura, em Taunay a visão heróica já tinha de disputar com o olho do repórter sem ilusões: *Caíra a noite; quando muito conseguíramos estabelecer-nos em frente ao nosso acampamento da véspera; mas já era imenso termos atravessado o rio.*

Parecia que enfim iríamos em marcha batida até Nioaque, sem desconfiar que cada rio indicaria, isto sim, a passagem para um novo inferno.

Matamos mais bois de carro, uma carne dura que era preciso retalhar a machadinha, sobre pedras ou tocos, antes de jogar nos caldeirões. Eu requisitava os fígados para as crianças, que ficavam comigo enquanto as mães iam disputar os bois com os soldados. Um osso de costela era roído por um menino, por outro, por vários; cena que jamais vi em qualquer das centenas de ilustrações que os jornais fariam sobre a nossa heróica coluna.

Mas deixemos que Taunay conte a infernal novidade daquela noite: *Circulou de repente pelo acampamento a notícia de que nele havia cólera. (...) Caíram três homens atacados pela epidemia e com os mais graves sintomas. (...) Fora-nos necessário, contudo, prosseguir na marcha; subitamente salteados de mal-estar e desmaios caíram alguns soldados, o que provocou a perturbação e a confusão gerais em nossas fileiras. Os três homens já atingidos pelo flagelo sucumbiram. Dentro em pouco estavam a carreta que nos restava e um carroção de munições, que se lhe adicionara, repletos de enfermos, cujos gemidos por toda a parte apressavam o surto da epidemia.*

— Era só o que faltava — lembro que falei certa hora com Taunay do lado; tinha vindo pegar marmita para o comandante.

— Seja otimista — ele piscou — Pense que a epidemia pode ter vindo dos paraguaios...

Teve este dia cruel uma tarde e uma noite como era de prever. A 20, pela manhã, o tempo, a princípio chuvoso, melhorou; e logo tornou-se o sol ardente. Ainda caminhavam menos os animais e os homens mal se arrastavam, tendo a morte sob os olhos e no coração. Enfim, o herói via a guerra com outros olhos.

Os paraguaios, enquanto isso, tinham reconstruído nossa ponte, que destruímos ao passar, e tinham atravessado o rio. *Já à nossa frente estavam, apenas dissipara o calor do dia o orvalho e secara a macega. Puseram-lhe fogo, e com tal êxito que não fora um mato de pindaíbas, felizmente provido d'água, teria a coluna sido colhida pelo incêndio. Mal teve Lopes o tempo de nos alojar nesse abrigo; deu-nos o Coronel ordem de acampar. Atacados, até aí, defendemo-nos como quem defende o refúgio derradeiro.*

Agora eram dezenas os doentes, amontoados na carreta e no carroção, outros em padiolas e cangalhas, e eu continuava no comando do rabo da retaguarda, para onde os soldados levavam os coléricos assim que desmaiavam nas fileiras. Mandei as mães manterem as crianças longe dos doentes, e desconfio que com essa simples ordem evitei muitas mortes.

Quando chegamos ao capão de mato, onde a coluna se refugiava, os primeiros três batalhões já estavam lá, de modo que só a nossa pobre retaguarda estaria ainda de costas para o inimigo quando ele atacasse.

Mal tínhamos enfiado a carreta e o carroção no mato, quando atacaram. Taunay apareceu com dois oficiais e assumiram a defesa daquela brecha por onde tínhamos entrado nas linhas. Os oficiais descarregaram as pistolas nos primeiros cavaleiros, enquanto as fileiras de soldados voltavam a se fechar, e os canhões atiraram em fogo cruzado e rasante sobre o campo incendiado, de onde os paraguaios saíam feito demônios a galope. Os homens iam fechando a brecha onde Taunay municiava a pistola, de pé atrás do cavalo. Um cavaleiro paraguaio passou, cortando a sabre a cabeça do cavalo de Taunay, e avançou diretamente para onde eu estava com o menino nos braços. Descarreguei meu revólver enquanto os soldados não atiravam com receio de acertar uns nos outros, e o cavalo paraguaio crescia na minha frente, o cavaleiro galopando deitado ao lado da sela, o sabre na mão levantada. Então tirei meu sabre e esperei, vi quando o paraguaio ergueu mais o braço, levantando o peito, para dar o golpe, e atirei o sabre no ar, me joguei longe e rolei. Quando levantei, ele já estava no chão com o sabre espetado no peito, gemendo e esperneando.

Um sargento matou o cavalo, mais uma sopa; e outro sargento acabou de matar o paraguaio, que depois foi espetado por muitas baionetas.

Os paraguaios recuaram debaixo de fuzilaria e canhoneio, levando os mortos pelo terreno incendiado. Alguns acabaram com as roupas queimando, tentando arrancar os ponchos e correndo cegos; uns entraram nas chamas, outros foram fuzilados até que nossos oficiais mandaram suspender o fogo, era preciso economizar munição. Um paraguaio ainda em chamas foi fuzilado pelos próprios companheiros.

Taunay também atirou no seu alazão, depois de ficar um tempo olhando o bicho sangrar de um corte da cabeça ao pescoço. Ele estava chorando abertamente, e os soldados faziam silêncio em volta.

— Pegue os miúdos para as crianças — falou ainda chorando, e tirou a sela para jogar no fogo; não se deixava nada para os paraguaios.

Os soldados não esperaram o magarefe para retalhar o cavalo. Era um inferno com todos os seus quadros.

Tudo em volta de nós era fumo, trevas e vapores ardentes. Caiu um de nossos soldados asfixiado. Outro, cego, no meio de um redemoinho, metera-se entre os paraguaios, conseguindo, contudo, graças à escuridão, safar-se e voltar sem ser reconhecido.

Lembro que era um soldado brincalhão:

— Eu já estava até aprendendo castelhano, tenente — disse com os olhos enfaixados por um pano sujo — Aí senti o cheiro da bóia, resolvi voltar...

Mas acho que era o único homem alegre na tropa. *Neste dia fez o cólera nove vítimas.* O herói agora não podia deixar de ver a realidade, pois ela gemia alto:

Para a noite caiu abundante chuva, agravadora de todos os nossos padecimentos. Amontoados perto da pequena barraca dos médicos, sem abrigo e ao ar livre, receberam os coléricos, nos corpos gélidos, as bátegas que desabavam, de espaço em espaço. Era horrível ver esses míseros, presos de agitação extrema, dilacerando os andrajos com que procurávamos cobri-los, rolando uns sobre os outros, a se torcerem com cãibras, vociferando, soltando brados, que se fundiam numa só voz articulada: água!

Maria queria dar água para os coléricos, os médicos não deixavam. Ela pegou o menino, foi dormir longe daquela gemedeira.

Tinham os médicos esgotado os recursos; a princípio zelosos e ativos, desanimavam os enfermeiros ante o número crescente de enfermos e, apesar da ordem que proibira o uso da água, como fatal, davam-na alguma para satisfazer, num instante ao menos, aos moribundos. A isto se limitavam os seus cuidados.

Desmaiei de novo naquela noite. Acordei molhado de orvalho, Maria tinha voltado, dormia a meu lado. Taunay também estava ali, escrevendo no diário à luz duma de nossas últimas lamparinas, pendurada no fuzil do ordenança espetado na terra. O ordenança ficava acordado enquanto ele não dormisse; é meu anjo negro, dizia o tenente.

— Só tem um jeito da gente se livrar desses paraguaios — disse um sargento — Deixar os canhões.

— Jamais! — Taunay apontou a caneta para o homem — Nunca mais diga isso, sargento!

Mas a tropa passaria a resmungar, que diabo, por que não quebravam aqueles trambolhos e deixavam para os paraguaios? Teriam mais bois para comer, poderiam ir muito mais depressa. Naquele terreno e com os paraguaios sem artilharia, não precisávamos da nossa.

Apesar de tudo, recomeçamos a caminhar no dia 21. A carreta e o carroção, com o dobro da lotação, de todos os lados deixavam pender braços, pernas, cabeças onde já se imprimiam os sinais da morte. Também iam doentes sobre os armões das carretas dos canhões. Lembro que uma mudança de vento nos salvou de outro incêndio na macega.

Recomeçamos o lúgubre desfilar; mas ainda não vencêramos meia légua, quando os bois da artilharia afrouxaram, por não terem bebido, desde o acampamento do dia 19. Pobres animais, o que não pensariam, se pensassem, ou se é que no fundo não pensavam por que tudo aquilo? Taunay poderia responder com um discurso. Eu, andando com o gemido dos doentes na cabeça, o corpo coberto de feridas e coceiras, eu pensava que era um boi como os que puxavam os canhões, éramos todos bois a puxar a carreta do destino humano, que não conseguimos explicar e complicamos tanto[17].

Quando os bois arriaram, estávamos numa chapada de onde se avistava *um campo imenso, o mesmo que Lopes, numa primeira incursão, batizara Campos das Cruzes*, já augurando os muitos cadáveres que ali iríamos deixar, embora sem tempo de fazer ao menos uma cruz.

Os paraguaios atearam novo incêndio na macega, que o guia Lopes foi combater de archote em punho, para jogar fogo contra fogo, como dizia. *E conseguiu-o, varando por entre os cavaleiros paraguaios, espalhados pelo campo, e que quase o apanharam.*

Naquela noite, todos os oficiais foram chamados ao Comando, que era simplesmente um caixote, onde o comandante tinha um mapa aberto com uma lamparina. O Estado-Maior sentava sobre os próprios calcanhares ou no chão mesmo, como um bando. O comandante tinha os olhos saltados, devido à magreza, e ainda conservava o capotão porque tinha ordenança para carregar. Mas, mesmo maltrapilhos, todos tinham seus sabres e pistolas de oficiais, e todos fediam mas ainda se tratavam como cavalheiros.

— Senhores — começou o comandante — Há uma decisão a tomar e quero ouvir a opinião de todos. Devemos ou não abandonar os canhões?

Aí começou, com cavalheiresca polidez, uma discussão onde todos pelejavam por empregar mais termos militares. Diziam uns que os canhões é que, na verdade, sustentavam a

[17] Aqui meu pai teve uma crise de tosse e vários outros problemas seguidos, graças a uma gripe que quase virou pneumonia. Voltou a ditar semanas depois, pela primeira vez perguntando onde tínhamos parado. Passou a misturar, cada vez mais, suas lembranças com a narrativa de Taunay. Assim, ao menos textualmente os dois tenentes secretários iam se juntando.

ordem na retirada, permitindo manter os paraguaios a distância, além de ir ocupando as elevações estratégicas do caminho. Por outro lado, os canhões atrasavam a marcha naquele terreno alagadiço, gerador de pestes, e assim, perseguida também pela fome, a coluna corria o risco de acabar ali, de doença. Mas, rebatiam os primeiros, não se podia abandonar canhões que, mesmo inutilizados, o Paraguai poderia usar como troféus de guerra para levantar o moral de todo seu exército.

Além disso — lembrou nosso herói — continuar com os canhões e as bandeiras seria a prova, para todos os brasileiros e para o mundo, de que retiramos em ordem, não fomos derrotados:

— Só não pudemos lutar mais por falta de condições!

Eu não consegui deixar de rir, o comandante perguntou do que. A guerra me tinha feito perder o medo dos superiores como os soldados tinham perdido o medo do inimigo:

— Na verdade — falei — se os oficiais paraguaios tivessem a formação militar européia que temos, já teriam nos massacrado há tempo, apesar dos canhões.

Além disso, falei que, mais que os canhões, agora nos atrasavam também os feridos.

— Então qual é sua opinião, tenente? — o comandante insistiu.

Fui salomônico:

— Deixamos dois canhões, levamos dois.

Taunay pulou junto com vários oficiais:

— De jeito nenhum! São quatro as estrelas do Cruzeiro do Sul, são quatro os canhões que a Coluna de Mato Grosso vai levar de volta ao Brasil!

Eu conhecia enfim que, na guerra, é assim mesmo, o horror só é superado pelo ridículo. De volta ao rabo da coluna, contei a Maria: íamos continuar nos arrastando por causa dos canhões, era questão de honra levar os canhões e as bandeiras.

— As bandeiras são leves — foi só o que ela disse, cuidando de feridos.

Íamos matando um ou dois bois por dia, o suficiente para meia caneca de caldo para cada um, mas pelo menos um caldo mais grosso, porque agora faltava até água: com as últimas carretas queimadas para se comer os bois, tinham ficado também as barricas. Ou seja, trocávamos carne por água. Arrependiam-se os que tinham jogado fora os cantis. E capotes, couros, cintos, folhas de palmeira, cipó trançado, tudo ia virando padiolas armadas com galhos do campo, porque os feridos aumentavam e, mesmo sem carretas, era preciso que fossem levados. Me lembro de ter anotado que o ser humano é o único que faz guerras e, também, é o único que não abandona seus feridos.

A essa altura, eu já tinha desconfiado que cada rio anunciava um novo inferno, e esperava o que nos traria o Prata, primeiro afluente do Miranda, que iríamos cruzar.

Conta Taunay que, na beira do Prata, mandou o comandante dois mensageiros a Nioaque, avisando da nossa chegada e alertando para o avanço do inimigo. Só havia dois cavalos na coluna agora, e lá se foi o 47 a cumprir o dever, como sempre fazem por nós os cavalos.

A 22 apenas andamos três quartos de légua, pois dependíamos inteiramente das juntas que puxavam os canhões e ainda na véspera quase não tivera o gado o que beber. Mal dera o minguado filete, junto ao qual acampamos, água bastante para os homens. A 25 progredimos cerca de légua e meia, considerável esforço, pois os nossos soldados válidos quase todos se empregavam em carregar as padiolas dos enfermos e, destes padioleiros, vários, subitamente atacados, em vez de ajudarem aumentavam a carga.

Eu me admirava de como os soldados mantinham, apesar de tudo, a disciplina e a obediência aos oficiais e sargentos. Mas, agora, a doença ameaçava a tropa mais que o inimigo: *As contínuas convulsões dos agonizantes ainda e de tal modo agravavam essa faina horrivelmente penosa que os soldados, estafados, punham-se de repente, como à porfia com os coléricos, a soltar selvagens gritos impacientes, ameaçando arrear e abandonar o fardo.*

Os sonhos de glória dos nossos oficiais tinham resultado num pesadelo ambulante: *Só algumas redes, ocupadas por oficiais, conservavam certo decoro lúgubre: jamais esqueceremos o belo rosto resignado do tenente Guerra, moço exemplar, filho único de uma viúva que nunca o tornaria a ver... Neste dia, ao incêndio precedeu um ataque de atiradores. Repeliram-nos alguns dos nossos e o fogo também passou; mas o outro inimigo, o cólera, o adversário oculto, redobrou os golpes com que nos feria, a ninguém perdoando. Desapareceu no mesmo dia uma família inteira; pai, mãe e filho em horas fulminados juntos. De inanição pereceu uma criança de peito que, dos braços da mãe moribunda, passara aos do pai e deste aos de camaradas, que também não tinham alimento algum.* Eu me lembro bem disso, que aquela criança morreu nos meus braços.

Os soldados marchavam numa espécie de torpor pelo cansaço, sem medo de nada mais, apenas determinados a marchar como se quisessem fazer em cotos os pés feridos. Quase todos estavam sem mochila, levando só o fuzil e uma faca ou facão, para lutar, ou dois fuzis se estivessem ajudando a levar uma padiola. Era preciso oito homens para levar cada padiola, em duas turmas de quatro em rodízio, de modo que os que descansavam iam levando os fuzis dos outros. Assim, era preciso tirar muitos homens das fileiras, e crescia o risco de um ataque penetrar no quadrado. Todos se dedicavam a manter a nossa formação de quatro lados, tão antiga e simples na arte militar, e no entanto tão eficiente.

Mas continuavam a cair homens doentes, e eu me vi comandando uma turma de soldados carpinteiros, com ajudantes, para fazer padiolas com o que íamos encontrando. Até roupas de doentes que morriam eram usadas para fazer nova padiola, enquanto o morto era rapidamente enterrado, tão rapidamente que às vezes ficava com um pé ou mão fora da terra, como a querer dizer ou pedir alguma coisa, ou a nos empurrar a retirada com um último pontapé.

— Desse jeito — disse Taunay — logo vamos ter mais homens nas padiolas que nas linhas...

— Mas a bravura do soldado brasileiro a tudo superará — ironizei.

Mas ele respondeu sério:

— É o que esperamos, tenente. Parabéns pelo serviço. Vou recomendar o senhor no meu relatório.

A gente ali naquele inferno e ele ainda e já pensando em medalhas!

— Não — apontei um agonizante — Recomende aquele soldado ali. Fez uma dúzia de padiolas, a última pra ele mesmo.

Taunay me olhou com uma estranheza que talvez fosse até piedade, me dando um tapa de camarada no ombro antes de voltar ao Comando:

— Vamos em frente, tenente.

A nossa retirada ia *em frente*!

E eu ia pensando quanto de inferno pode agüentar um ser humano, qual o limite de resistência ao sofrimento, que sentido afinal tem a vida humana; e de repente começaram a aparecer os loucos. *Soubemos que dois soldados haviam enlouquecido. Assim se explicavam os gritos, cujas notas estridentes se haviam associado aos ruídos que habitualmente nos afligiam; lamentos, furores e desespero.*

Nas minhas anotações registrei uma espécie de delírio ou de sátira, em que me via diante duma comissão de coronéis medalheiros; e perguntavam se eu sabia que o tenente Taunay me tinha recomendado por excelente desempenho militar e bravura em combate; e eu respondia:

— Sei, sim, e acho que mereço, senhores. Fui eu quem teve a idéia de amarrar um dos nossos primeiros loucos a uma das mulas da Cozinha, que agora nem carroça tinha mais, e o louco foi manso atrás da mula, puxado pelo pescoço; se a mula desembestasse, ele podia morrer enforcado e arrastado, mas foi o melhor que pude fazer. Também fui eu quem teve a idéia de retalhar os últimos bois a machado, macetando os ossos, para que, cozinhando aquela massa de ossos e carne, pudéssemos fazer uma sopa mais grossa. Senhores, eu mereço mesmo uma medalha. Depois, quando tivemos de abandonar tralhas da Cozinha por falta de transporte, o cozinheiro teve a idéia de não só furar a tiros mas cagar nas panelas, para que nem pensassem em usar de alguma forma. Ele também não mereceria uma medalha?[18]

Voltemos à marcha. Nem foi preciso passar mais um rio para ganharmos mais um flagelo fatal: *a deserção; desapareceram vinte e quatro soldados da linha de defesa do acampamento. E no entanto impossível lhes era escapar à morte pela fome ou às mãos do inimigo. A datar deste dia não houve, no mato, moita onde se não escondesse algum fugitivo. Abandonaram-nos os nossos índios Guaicurus; não conseguindo mais detê-los o receio do fado que os aguardava, se os paraguaios os apanhassem.*

— Perdido assim, perdido assado — ouvi um soldado dizer.

Parecíamos — e éramos — uma multidão de flagelados a expiar, numa procissão de suplícios, todas as culpas guerreiras do mundo, mas Taunay ainda via nisso alguma ordem: *Embora dizimados, serenamente mantinham os oficiais o espírito geral da corporação; uns procuravam os outros, reuniam-se e trocavam palavras amigas e de bom conselho.* Em seguida ele cita os nomes de alguns oficiais, na sua visão candidatos a heróis, entre eles até eu. Acho que o homem é a única espécie em que cada um vê o que quer ver.

[18] Só depois de morto meu pai, fui conhecer o conteúdo daquela caixa de bolachas em que ele tanto remexia. Lá estavam, entre os papéis, duas medalhas de que nunca me falou, o metal enferrujado e o tecido puído, e só então me dei conta de que meu pai, aquele cartorário que fazia questão de cada carimbo sempre em seu lugar, era um herói de guerra.

Na manhã de 24 uma chuva torrencial, e contínua, não tardou em transformar em atoleiro o solo argiloso sobre o qual acampáramos. O vento áspero e impetuoso lançava-nos verdadeiras enxurradas. Assim mesmo partiu Pisaflores, o bravo rio-grandense — mais um herói — *à testa de cem homens* — massa anônima de manobra — *a um quarto de légua, à margem do Prata, abrir uma picada num lugar indicado por Lopes. Esse serviço, rapidamente executado, deu aos trabalhadores o ensejo de descobrir na mata palmitos em profusão, inesperado recurso que levou o comandante a mandar que estacássemos, porque também ali estava o solo mais seco.*

Mais uma ironia da História: íamos ser salvos da inanição por um alimento tradicional dos guaranis e paraguaios. Antes da comida, porém, o inimigo atacaria mais uma vez, *com vaias e tiros, a que tratávamos de responder do melhor modo.*

Tivemos de tocar em frente, como diria nosso herói, ainda sem comer os palmitos. *Mas o mais penoso foi, ao atravessarmos grande charco, o banho gelado em que até à cinta afundamos. Rompeu-se a formatura; nem sequer nos víamos mais. À espessa escuridão que sobreviera seguiu-se a noite, sem intervalo, uma dessas noites propícias aos desastres e aos crimes; a mais de um doente afogaram os seus carregadores.* Não, porém, no meu setor, onde eu contava os doentes e exigia dos sargentos relatório de baixas.

Às oito horas passara o grosso da coluna acampando então; às dez veio a retaguarda ocupar o seu posto. Até tarde, pela noite adentro, chegaram retardatários, (...) até coléricos que haviam podido pôr-se de pé, depois de atirados das padiolas ao chão.

Criei uma regra militar: nos ataques, o papel de honra é da vanguarda; nas retiradas, bendita é a retaguarda. Atacar bem e firme, ocupando terreno, é no ataque tão importante quanto retirar-se em ordem e com moral, e nisto se inclui levar os feridos. Mais de uma vez usei minha pistola, naquela noite, para apontar na cara de carregadores de padiola.

— Quem abandonar ferido eu mato na hora! — eu gritava e eles acreditavam.

Taunay acabava de chegar para avaliar e reportar ao Comando a situação da retaguarda, e também estava de pistola na mão:

— Atire também em todo desertor, tenente — e falou alto aos homens — Agora falta pouco, vamos em frente!

— Não — uma voz brincou cavernosa na escuridão — Vamos voltar e marchar até Assunção!

— Isso mesmo, tenente — outra voz — Vamos levar cólera pra eles e acabar com a guerra!

O cozinheiro disse que a gente devia era fazer fogueiras, ia chegando o primeiro feixe de palmitos amarrados por cipós.

— Vamos comer palmito assado! — o cozinheiro anunciou e os homens se puseram a fazer fogo e descascar palmitos, desanimados, enquanto as crianças já dormiam quase todas, com olheiras também, o cansaço vencendo a fome.

Os feixes de palmitos iam chegando a todo o acampamento, causando rebuliços. Mas nem isso animou a tropa, que continuou no clima moral de quem carregava, além de todas as chagas, sofrimentos e cansaços, uma epidemia matadora como é o cólera. Todos sabiam que podiam pegar a febre a qualquer momento.

Fôramos ficar em terreno menos lodoso; mas muito tempo decorreu antes que pudéssemos acender a lenha encharcada.

Era felizmente resinosa. Oh! com que alegria saudamos as primeiras chamas! Qualquer lugar junto dessas fogueiras era cobiçado; quase todos conseguiram, contudo, aboletar-se, sãos e enfermos misturados. Naquele tempo, não tínhamos conhecimento da existência de micróbios, e se Pasteur em pessoa aparecesse dizendo que o correto seria isolar os feridos, nossos médicos decerto pensariam ser um sabotador inimigo disfarçado. Em redor do fogo, tiritavam homens morrendo e homens por morrer, ao lado dos que se salvariam, no fim das contas, naquela loteria louca que não distinguia habilidade nem bravura, a vida de cada um dependia apenas de sorte.

Morreram até dois coléricos, ali. Foram os cadáveres removidos, eram heranças a receber, lugares de calor.

Os homens jogaram nas brasas os palmitos com casca, que tiravam assim que o miolo assasse, e comiam com as mãos do mesmo modo como comem palmito os macacos. Taunay, porém, ainda avistou ali civilidade: *Foi o alimento prontamente cozido sobre brasas na cinza e cada qual teve o seu quinhão, uns mais, outros menos. Nunca se desmentiram os hábitos hospitaleiros da mesa brasileira, nem ali nem em parte alguma; e até mesmo nas mais terríveis conjunturas.* Quando leio essa passagem de seu relato, chego a pensar que estivemos em guerras diferentes.

Depois do Rio Prata começava já a fazenda de Lopes, mas era preciso alargar a picada para a passagem dos canhões, que a tropa olhava como inimigos. No entanto, novamente um canhão nos salvou, levado a um morrote para cobrir o campo contra um cerco paraguaio, enquanto os outros canhões atravessavam o rio a duras penas, descendo e galgando rampas de terra que os homens fizeram com muita demora, tanta era a fraqueza. Com os últimos bois também fracos, nossa artilharia dependia, cada vez mais, da simples força dos homens e das mulas, empurrando, puxando cordas, todos a cada hora mais fracos. Soldados sentavam no chão de repente e ficavam olhando o vazio; era preciso sacudir e até estapear para que continuassem. E agora tínhamos os loucos que berravam e os loucos que riam.

Foi só às dez da manhã de 25 que começamos a nos mover para galgar a margem direita do Prata, onde ocupáramos uma eminência dominadora de toda a circunvizinhança. Forçadamente, ia o transporte ser extremamente lento; nem de outro modo seria possível. Subiu o número de padiolas, que tinham de transpor o rio, a 96, cada qual tomando oito homens que se revezavam, todos, aliás, de má vontade, mostrando os mais recalcitrantes os pés esfolados e tintos de sangue. De espada em punho exigiam os oficiais o cumprimento do dever, tanto mais penoso quanto dele se não podia esperar nenhum resultado favorável; achando-se quase todos os enfermos, como de antemão, fadados à morte. Sacrificava-se assim aos moribundos o que ainda restava à coluna de força e futuro.

Já tínhamos perdido cem homens com a peste, e mais vinte enterramos ali. O capelão perguntou se o comandante queria dizer alguma coisa. O comandante olhava o rio, como se visse através da água, e Taunay pediu permissão para falar. O comandante acenou com a cabeça, e ele tirou o chapéu chamuscado. Éramos ali meia dúzia de oficiais com o rio de um lado, cheio de padiolas passando, e do outro lado as vinte covas.

— Tivéssemos munição de sobra — Taunay apontou a pistola para o céu — teríamos que dar aqui uma salva de tiros em honra a esses bravos patriotas. Que esta bala represente toda a nossa homenagem.

E atirou gritando em seguida:

— Viva o Brasil! Viva o Imperador!

Pegos de surpresa, os oficiais mal responderam, e ele então gritou de novo. Soldados gritaram palavrões, o comandante fechou uma carranca e Taunay guardou a pistola. Não havia mais clima para rituais.

Queimamos ali na margem a última carreta, e os bois foram imediatamente retalhados. Mesmo assim o moral continuava péssimo, os soldados resmungavam e xingavam sem parar, carregando as padiolas, até o ponto em que tínhamos mais homens nelas do que nas linhas, e os casos de deserção também aumentavam. Taunay parecia um fantasma de olheiras, passando montado numa mula para avaliar o estado de cada companhia.

— A minha — apontei as padiolas — continua crescendo!

Ele sorriu e disse que me admirava por conseguir ainda manter o bom humor, lembro exatamente que ele falava isso quando um rumor correu a tropa, muitos soldados apontando para trás e cobrindo os olhos com as mãos para enxergar longe: lá, no nosso último acampamento na beira do rio, os paraguaios abriam nossas covas, tiravam os cadáveres da terra e arrancavam qualquer resto de roupa dos mortos. Taunay correu até um canhão, arrastando aqueles sapatões de couro cru, pegou a luneta do artilheiro e ficou olhando. Depois falou com o artilheiro, que fez a manobra da carreta, mirou e atirou uma granada lá no meio dos paraguaios.

A tropa urrou, e Taunay voltou sorrindo; graças aos mortos tinha levantado o moral dos vivos. Mas, ao narrar o fato no seu livro, seria modesto, dando todo o mérito ao artilheiro, sem mencionar a própria iniciativa: *Tão justa represália veio trazer alguma animação no acampamento até o pôr-do-sol deste triste dia.*

Guardei anotada a nossa conversa daquele dia:

— Corremos o maior dos riscos agora — disse Taunay — Podemos perder a disciplina, aí é o caos.

— Você é otimista. Podemos morrer de cólera antes.

Ele de novo disse que invejava meu bom humor.

Avisou que o comandante chamava para um novo conselho geral dos oficiais. É outra lei militar: quando a coisa fica realmente preta, procura-se distribuir a responsabilidade, daí o Alto Comando querer dividir com todos uma decisão. Deixei de supervisionar a trituragem dos bois para a sopa, fomos até o Comando. Pensei que fôssemos de novo discutir os canhões, mas agora se tratava de abandonar os feridos; isto mesmo, abandonar os feridos.

— Não pode haver para um militar coisa pior que abandonar feridos ou doentes — o comandante falava curvado, de olhar perdido.

Suspirou fundo, endireitando-se com a decisão tomada.

Explicou que, com tantos doentes, toda a coluna estaria condenada. Era preciso tomar uma decisão: ou morrer ali, lutando cercados, ou deixar os doentes pra trás, para tentar salvar a tropa e a honra.

— Mas que honra poderá restar — perguntei — depois de abandonarmos os doentes?

Todos me olharam, depois voltaram a olhar os próprios pés descalços ou enrolados em couros e trapos. A única coisa limpa e inteira que tinham eram os sabres em suas bainhas, algumas amarradas por cordões na cintura, pois os cinturões há muito tinham virado padiolas ou tipóias para os feridos.

Taunay, claro, disse que eu não tinha razão: honra não haveria se aquela peste desse alguma chance aos empesteados, e se os estivéssemos abandonando para não lutar. Ao contrário: com eles, logo não poderíamos mais lutar.

Além disso, falou, os bons soldados sabem que estão arriscados a morrer pela própria condição militar. O comandante suspirou fundo de novo e disse que tinha já a decisão, que em seu livro Taunay expõe em nobre linguagem: *Acabara de tomar* (o comandante) *a suprema resolução com que, durante os últimos dias, se embatera e cuja idéia, como recurso extremo, lhe acudira ao espírito como ao de todos, sem que, contudo, houvesse alguém ainda ousado exprimi-la.*

Na verdade, já tínhamos discutido aquilo com toda a clareza, e o comandante nem precisou dar a ordem, só combinou detalhes com os comandantes dos batalhões: cada um devia deixar ali mesmo os coléricos, menos os convalescentes.

— A responsabilidade é toda minha — falou alto, e sentou curvado, olhando o chão da Pátria, enquanto o Estado-Maior se dispersava, todos também olhando o chão da Pátria.

Iam tão curvados que não pude deixar de notar: o Estado-Maior parecia ter ficado menor.

Começou a apartação dos doentes e convalescentes, como se fossem gado. Os convalescentes, a chorar de alegria enquanto eram apartados dos outros. E os coléricos, com os olhos fundos, já que muitos nem conseguiam mais falar, os coléricos olhavam os companheiros pela última vez, enquanto eram levados para fora do acampamento. *E, coisa que a muitos parecerá não menos espantosa, os próprios coléricos, desde os primei-*

ros momentos, e sem que fosse necessário recorrer a subterfúgios, resignadamente aceitaram este último golpe da fatalidade.

Contribuíam provavelmente as dores do horrível mal para a indiferença dos pacientes; ou talvez também a idéia do repouso substituído às torturas dos solavancos da marcha; mas acima de tudo, este desprendimento fácil da vida, própria dos brasileiros e que deles, tão depressa, faz excelentes soldados.

Contribuo com mais um motivo para aquela tranqüila aceitação da morte: o estupor. Eles já não reagiam mais a nada, não por causa da doença, mas do absurdo de toda aquela situação, que tornava tudo aceitável. Acho que achavam que, depois de tudo aquilo, a morte era mesmo o caminho natural, sem qualquer patriotismo ou obediência ao dever, ao contrário do que quis acreditar o tenente Taunay.

Os feridos foram deixados numa clareira, largados no chão.

— Acha que devemos levar de volta as padiolas?

Fazia sentido a pergunta de Taunay, pois decerto logo teríamos outra leva de doentes, e oficiais são para pensar essas coisas e tomar precauções. Mas me recusei a responder e ele insistiu:

— Hem, tenente, acha que devemos levar de volta as padiolas?

— Como troféus de campanha?

Ele ficou quieto, olhando a lua. Fui ao Comando pegar um mapa, o comandante quis saber para que. Deitei o papel sobre o couro liso da minha mochila e escrevi no verso, o comandante olhou e não falou nada quando levei o mapa. Taunay revelaria para que:

Deixávamos entregues ao inimigo mais de cento e trinta coléricos, sob a proteção de um simples apelo à sua generosidade, por intermédio destas palavras escritas, em letras grandes, sobre um cartaz pregado num tronco de árvore: "Compaixão para com os coléricos!"

Continuamos em frente, como diria Taunay — e logo ouvimos a fuzilaria. *E que clamores indescritíveis, então, ouvimos! Ninguém de nós ousava olhar para o companheiro!*

Pelo que depois nos contou um dos pobres abandonados, salvo milagrosamente, vários enfermos (...) se haviam soerguido convulsamente e, reunindo todas as forças, corrido para nós. Nenhum, porém, conseguira atingir-nos, devido à fraqueza física ou à crueldade do inimigo. Nossa coluna tinha, contudo, demorado a marcha, instintivamente, como à sua espera.

Continuamos, e as mortes continuaram. Morreu o filho do guia Lopes. O comandante de um dos batalhões pegou cólera. Quando acampamos, vi que melhor teria sido trazer as padiolas: *Já os nossos armões estavam sobrecarregados de novos enfermos, de permeio com os convalescentes; e o corpo do exército, tomado do mais sombrio desespero, vencera, apesar do cansaço, duas léguas.*

Então o comandante também pegou cólera. Por mim, continuei cuidando dos doentes e das crianças, mas Taunay foi até o Comando:

Deitado de costas na macega, com o chapéu no rosto, desde que se levantou e descobriu, para nos falar, vimo-lo irremediavelmente perdido; os estigmas do cólera sobre ele se haviam impresso. Taunay, mesmo aí, insistiria em ver ainda algum heroísmo: *Conservava, no entanto, uma calma que a situação tornava realmente admirável. "Vou morrer também", pronunciou; era fatal. "Salvei a expedição. O senhor, que o sabe, há de o dizer."*

Enfim, o herói comandante pedia ao herói escrivão que não esquecesse dele — e Taunay a isso não se furtaria, num estilo contido pela deselegância da própria realidade:

Ao recomeçarmos a marcha, nem sequer experimentou montar a cavalo, carregaram-no para um armão. (...) Era-lhe a impassibilidade completa; mãos cruzadas sobre o peito com o chapéu desabado sobre os olhos, procurava subtrair-se aos raios do sol deslumbrante que a esta triste cena iluminava.

Agora marchávamos em forma de coluna mesmo, o quadrado desfeito, *quando um esquadrão paraguaio chegou a galope com a intenção de cortar nalgum lugar a nossa linha indecisa e descontínua*. Lutamos, vendo que os paraguaios agora tinham pavor de nós, pois mal avançávamos contra eles, recuavam contra as ordens de seus oficiais. Talvez fosse pelo nosso aspecto de mortos-vivos, pela resistência sobrenatural da nossa marcha, que eles seguiam decerto também se estafando.

Refizemos o quadrado para acampar. Maria também parecia um fantasma; um doce fantasma ainda, embora os cabelos guaranis, sempre luzidios de tão lisos e negros, agora estivessem queimados e empoeirados, sem brilho. Ela também tinha, como todos, olheiras fundas, as roupas sobrando no corpo emagrecido, esfarrapadas; quem já andou em macega ou cerrado sabe do que estou falando.

Resolvi me olhar num espelho, e primeiro foi difícil achar um. Perguntei a um cabo, que me olhou meio adoidado:

— Vai a alguma festa, tenente? Convida a gente!

Não achei um espelho. Depois, tentei me olhar no fivelão de um cinto, com uma pedra amarrada, que um soldado levava nos ombros.

— Pra derrubar paraguaio do cavalo, tenente, é uma maravilha, derrubei um assim.

— E eu espetei, que ainda tinha força — disse o que ia ao lado — Agora, nem agüento mais erguer o fuzil...

Muitos gemiam, outros dormiam com as armas largadas. Vi um brejinho perto, saí do acampamento para ir lá me ver na água. Agachei, levei um susto: da água parada me olhava um velho que parecia vagamente comigo.

De repente, vi na água também outro velho, em pé atrás de mim. Era Taunay. Levantei, ele me falou olhando nos olhos mas, por cansaço, olhando longe:

— A tropa está degradando, tenente, precisamos dar exemplo.

Vi que alguns oficiais vinham para nós. Taunay começou a tirar o que restava da túnica.

— Vamos tomar banho e lavar as fardas.

Vi que Maria também vinha com meia dúzia de mulheres. Taunay deixou o chapéu esfarrapado numa moita, como se fosse uma preciosidade, e tirou as calças com cuidado, que os pés sangravam. Os oficiais chegaram e também tiraram as roupas, mesmo as cuecas, passando a esfregar o corpo com um sabão que dividiram cortando a sabre. As mulheres pegaram as roupas e foram lavar ali perto. Maria estendeu a mão para mim:

— As roupas, tenente.

Perguntei a Taunay se aquilo era ordem do comandante. Apesar de tudo, eu não queria desobedecer ordens, por causa da minha futura pensão.

— O comandante está doente — Taunay começou a se lavar.

Então falei que eu ia era cuidar das crianças, dei as costas a eles e voltei para o acampamento, fui direto ao sargento dos cachorros e matei um, nem dando tempo do bicho me olhar. Levei ao cozinheiro, mandei fazer sopa. Soldados juntaram em volta, eu continuava com a pistola na mão e falei que aquilo era para as crianças, matava o primeiro que tentasse. Os soldados obedeceram, acho que porque agora eu também agia como um oficial.

Acampamos naquele local, tendo vencido quatro léguas de estafante marcha, privados como fôramos de alimentos e de sono; tangia-nos a necessidade. (...) Passou-se a noite, para todos, numa agitação enorme. Aos lamentos respondiam outros lamentos; aos horrores da moléstia acresciam os desfalecimentos da fome.

Taunay apareceu de farda limpa, ou melhor, molhada, e disse a mim e aos médicos que ninguém desanimasse:

— O comandante vai melhorar.

— Por que é oficial? Os oficiais se curam mais que os soldados?

Os dois médicos nem me olharam, tão cansados que nem conseguiam mais dormir. Quando tentavam, eram acordados a socos por novos doentes ou feridos. Outra anotação de conversa com Taunay:

— Maldita guerra — disse ele.

— Não, tenente — disse eu — Pelo que li das guerras, não em romances, claro, é uma guerra bem típica.

Na manhã do dia 27 chegamos ao ribeirão Jardim, e o inimigo atacou de novo — na retaguarda. Sem aqueles últimos ataques, a tropa talvez não mantivesse ainda a disciplina. A coluna era obrigada a se defender coesa. De novo vi um cavalo crescendo na minha frente, um cavaleiro quase deitado na sela, uma lança avançando no ar. Valeu-me de novo o sabre que Taunay me enfiara no cinto; só que, desta vez, atingi o cavalo e não o cavaleiro, embora os dois fossem logo em seguida retalhados pela tropa.

Quando dei o golpe com o sabre, ouvi um disparo de pistola e senti a bala na mão. Era Maria. Tinha atirado com a pistola para me proteger. Coube ao menos hábil de nossos médicos cuidar de minha mão enquanto eu desmaiava de dor.

Acordei deitado num armão de canhão, ao lado do comandante, que agonizava. Estávamos finalmente à margem do Miranda, o último rio antes de Nioaque. Lá na outra margem se via a casa do guia Lopes, que agora também gemia de cólera; sua fazenda acabaria sendo sua última visão. *Foi enterrado no meio de nosso acampamento, em terra que era sua. Os amigos lhe puseram sobre a sepultura tosca cruz de madeira.*

— Alguém quer dizer alguma coisa? — perguntou Taunay depois que os soldados socaram a terra batendo com as pás.

Jamais me esquecerei:

— Velho porreta — disse um soldado baiano.

— Guerra lazarenta — disse um paulista.

— Deus tenha piedade de nós — disse um mineiro.

Vi que o tenente Taunay, que pretendia fazer um discurso com a sua farda recém-lavada, resolveu ficar de boca fechada. Com a mão doendo, fui até o rio beber e me lavar, e eis que então sai da água, trazido pela rédea por um dos mensageiros mandados a Nioaque, o meu velho amigo 47, que logo me reconheceu e requisitei antes que virasse sopa. E as crianças, tão assustadas que tinham medo até de nossos soldados, ainda tiveram o ânimo, que só pode ser de crianças, para festejar o velho cavalo.

Parecia que era o fim da linha:

Irremediável se afigurava a nossa situação. Os paraguaios em torno de nós, de observação, pareciam (...) gozar sem perigo, e tranqüilamente, do espetáculo de nosso aniquilamento pela fome e a peste. Tínhamos, com efeito, diante de nós um grande rio transbordado a nos cortar a única via de salvação.

A estação de abril a setembro não é a das águas; mas como se toda a natureza se houvesse contra nós coligado, tais, desde 13 de maio, haviam sido as chuvaradas que o Miranda intumescera de modo assustador, bramindo e espumando sobre as raízes desnudadas das árvores da barranca, não dando esperanças de permitir vau antes de alguns dias. Era, no entanto, para a coluna, o único meio de o transpor. Não podíamos pensar em alçar uma ponte quando mal dispúnhamos de gente suficiente para o serviço das guardas; homens, no entanto, bem capazes ainda de ardor e energia num combate — claro, para defender a vida — *mas não de contínuo trabalho manual como este que exige uma construção de vulto. Estávamos, pois, sob os olhos dos paraguaios, segundo uma expressão desses peões, como gado encurrado e destinado ao corte.*

— Mas antes eu mato um — disse um soldado.

— É pouco — disse outro — Cada brasileiro vale meia dúzia desses porqueiras.

Os soldados tinham chegado àquele ponto em que tanto fazia viver ou morrer. Nossa heróica coluna, tangida pelos bois, agora se tornava toda ela gado pronto para a morte, com a única diferença que o gado é engordado para o abate, e nós estávamos emagrecidos. Mas novamente aqueles soldados voluntários, até ontem lavradores e vaqueiros, seriam a nossa salvação — não por heroísmo nem pela pátria, apenas para pegar as laranjas que se via lá no pomar da fazenda, do outro lado do rio. *Malgrado, entretanto, o aspecto ameaçador do rio, lançaram-se à água alguns nadadores intrépidos, impelidos pela fome, e, contra a expectativa geral, após muitos esforços, atingiram a outra margem, onde não encontraram vestígio algum do inimigo.*

Taunay foi ficar do meu lado, ali na margem do rio. Um dos homens tinha voltado da fazenda, depois de se fartar de laranjas, e contava que era um imenso laranjal, todas as laranjeiras carregadas de frutas maduras. Quem acredita num Deus a dirigir os destinos humanos concordará que esse Deus é um sádico brincalhão, colocando lá tantas laranjas numa fazenda deserta, e tanta fome desesperada entre nós, com um rio passando no meio. Os homens se agitavam, querendo se lançar na água, e os oficiais discutiram ali no barro da beirada. Deviam ou não deixar quem quisesse e pudesse atravessar o rio? Não seria fatal dividir a tropa?

— Muitos podem se afogar — disse um major.

— Pior é a disciplina se afogar de vez — disse Taunay.

Nosso herói insistia em ver, naquele bando de zumbis estropiados, um exército vingador da honra da Pátria, que devia marchar em ordem e, quem sabe, em ordem esperar ali que o rio baixasse enquanto a nossa salvação apodrecia lá nas árvores. As crianças estavam com fome e me seguiam, ficavam me olhando. Peguei um saco, dei a um soldado dos mais fortes, e depois dei também as rédeas do 47:

— Traz laranjas pras crianças.

Foi como se eu tivesse dado uma ordem: dezenas de homens foram para a água. Taunay me botou a mão no ombro:

— Você tem razão, meu amigo, mas vamos fazer isso em ordem.

Começou a organizar a "expedição laranja", com pistola e sabre nas mãos, impedindo de tentarem a travessia homens feridos e fracos. *Muitos a experimentaram: os mais fracos ou os menos favorecidos, traídos pelo desfalecimento, desapareceram na correnteza; outros, dali, contemplando os felizes ocupantes da margem fronteira, tomaram-se como de desespero que quase desfechou supremo golpe nos restos da disciplina, sobrevivente a tantos desastres.*

Os homens não obedeciam os oficiais, e então Taunay correu ao comandante. *Do próprio couro em que jazia quase agonizante, ainda dava ordens o Coronel, umas, por vezes, incoerentes e inexeqüíveis, mas outras lúcidas e práticas. Mandou que o corpo de caçadores a pé, o único ainda não contaminado pelo espírito de desorganização, atravessasse quanto antes o rio. Guarnecendo a outra margem, devia impedir o saque do pomar até que ele, comandante, ali pudesse ir a fim de proceder à justa distribuição de quanto lá havia. (...)*

Não os perdíamos de vista. Quando atingiram o meio da torrente, ainda os ouvíamos, entre o marulho dos cachões, incitarem-se uns aos outros. Houve, segundo nos pareceu então, a todos, um momento de luta e hesitação que nos fez por eles temer, mas não tardaram a reaparecer, descambando para a outra margem, embora com grande descaída. Vimo-los, enfim, sãos e salvos, chegar à fazenda do Jardim: era um consolo e uma esperança.

O capitão comandante dos caçadores era de meia-idade, mal sabia nadar, e tinha dito que talvez não conseguisse atravessar. Vamos lá, capitão, disseram os homens, nós ajudamos.

Eles vão é deixar o infeliz se afogar, eu tinha pensado em voz alta, e agora Taunay sorria:

— Os bons soldados, tenente, gostam dos bons oficiais.

E realmente os soldados tinham conseguido botar o capitão na outra margem. Taunay estava cadavérico e feliz:

— A boa luta é a que se vence. Nós vamos vencer esse rio!

Mas o rio continuou cheio, e a tropa se indignava, achando que só os caçadores iam consumir o laranjal. A correnteza estava mais forte, *pois é coincidência comum a todos os caudais — depois de demorados nos transvazamentos pela própria expansão — adquirirem, quando voltam ao leito, maior velocidade, embora transitória, que progressivamente diminui, se não se renovam as chuvas, até o momento em que as águas voltam ao regime normal.* Isso, nosso tenente descobriria depois, porque naquele momento, ao ver que a correnteza impedia de vez a passagem do grosso da tropa, também foi desanimando, sentado ali no barro olhando a água.

Além disso, *longe de esmorecer, redobrara o cólera de violência. Crescia o número dos enfermos e receávamos que, quando o rio baixasse, a ponto de nos dar vau, não tivéssemos remédio senão abandonar segundo grupo de moribundos, à mercê do inimigo inexorável, e só esta idéia nos causava a angústia de um pesadelo. Acabara o corpo de artilharia de se extinguir. Depois dos mais fracos, tombados nos primeiros dias, tocara a vez aos mais robustos; caíam como para se aniquilar a arma a que devêramos a salvação.*

Parecia o fim. Se não o nosso fim, o fim da coluna como corpo militar; viraríamos um bando a se salvar quem pudesse. O comandante agonizava, e seu imediato em comando também. Os homens se ajuntavam na beira do rio, comentando todos os movimentos dos caçadores lá na outra margem. Taunay andando pra lá e pra cá, dizendo que temia um motim. Eu ri: motim para que?

— Para morrer afogados ou fugir para os paraguaios?

Grupos de homens já se aventuravam a caçar pelos matos, arriscando a sorte. Outros, para se afastar dos coléricos, foram ficar longe do acampamento, voltando as costas para os oficiais, que também não tinham mais ânimo de cobrar as ordens.

Nesse mesmo dia 28 morreram algumas mulheres, mais desvalidas ainda que os demais doentes, mais desprovidas de recursos e, por motivo de sua natural fraqueza, mais ferreteadas pelos estig-

mas da miséria absoluta. Quase não existia mais entre nós a autoridade. Fomos, então, novamente salvos — desta vez, pela morte.

A morte do comandante haveria de render a Taunay ao menos uma cena de heroísmo guerreiro:

...Voltando os olhos, já vidrados, para o seu ordenança, exclamou em tom de comando: "Salvador! Dê-me a espada e o revólver". Procurou afivelar o talim e, exatamente nesta ocasião, deixou-se rolar no chão murmurando: "Façam seguir as forças, que vou descansar". E assim expirou — que os heróis não morrem, expiram.

Logo morreu também o imediato, de modo que era preciso um novo comandante. Era melhor que fosse o major comandante da vanguarda, o homem que os oficiais e a tropa sabiam ser o melhor para nos tirar dali; mas, pela hierarquia, ainda era agora o segundo em comando. Deu-se então o jeitinho brasileiro: os oficiais pediram ao tenente-coronel, que tinha por direito e dever assumir o comando, que oficialmente pegasse cólera, comunicando isso por escrito, de modo a desimpedir caminho para o outro. Assim se vê que a honra e o dever também são flexíveis, como as hastes de capim que a água mexia no rio, e para ajeitar tudo bastam bonitas palavras para boas intenções:

Esta transmissão de poderes, regulada pela razão e o direito, e habilmente subtraída ao jogo das paixões que podiam despertar, obteve completa sanção na aprovação de todo o corpo do exército.

Enquanto isso, o rio tinha baixado, mas no meio a correnteza continuava muito rápida. *Teve o novo comandante a idéia de assegurar a comunicação de uma para outra margem por meio de cabo fortemente amarrado às árvores de ambas as barrancas.* Ia de novo ser herói meu velho 47. A idéia era boa, mas nossas cordas navais, emendadas para alcançar o lado de lá, formavam um rolo pesado que, encharcado, decerto levaria para o fundo o mais forte nadador. Era o 47 o único cavalo da tropa agora, e pateou ainda animado quando lhe botaram o cordame no lombo. Um soldado ia cruzar o rio nadando ao lado dele, levando pela rédea, e o 47 foi para o dever sem vacilar.

A tropa ficou ali na barranca olhando a cabeça do homem e a do cavalo avançarem pelas águas, até que, lá no meio, a cabeça do homem sumiu. Só o cavalo reapareceu além da correnteza, bem rio abaixo, levado pelo peso da corda arrastada pela água. Soldados do lado de lá correram, pegaram a corda e esticaram, puxando em pelotão, amarraram numa árvore — e a corda esticou-se sobre o rio.

Várias vezes já tinha o 47 cruzado o rio — quando chegou de Nioaque, quando foi buscar e trouxe meio saco de laranjas para as crianças — mas então a correnteza não tinha a rapidez feroz de agora, quando o rio baixava mas corria mais. Vi que ele ficava lá na outra margem olhando a margem de cá, como se tomando fôlego ou coragem, até que de repente voltou para a água, nadou de volta, os soldados aclamaram quando saiu do rio, uma aclamação fraca, que muitos nem tinham forças para levantar do chão. Os que tinham, agora iam atravessar o rio segurando na corda.

Começou aí o que se pode chamar de milagre das laranjas. *Desde o momento em que funcionou esse vaivém chegaram as laranjas, copiosamente. Teve a sua abundância esse primeiro efeito feliz de distender estômagos há muito vazios. Eram, por vezes, devoradas com casca e tudo, no ardor da fome e da sede que nos consumia. Sua maturidade e doçura convidavam-nos, aliás, ao abuso, mas os princípios medicinais que residem na essência da casca agiram mais eficazmente ainda: diminuiu a epidemia, e quase cessou. (...) Certo é que foram coléricos vistos — a maior parte dos quais se curaram — a passar longas horas a devorar montes de laranjas de que mal deixavam alguns restos*[19].

[19] Não se sabia ainda que as doenças causadas por carência de vitaminas, como as que grassaram na coluna, são curáveis com o consumo de frutas e legumes. A cura em massa, narrada por Taunay, chamaria a atenção de cientistas de todo o mundo, con-tribuindo para o avanço da ciência médica no trato de várias doenças. Assim, também, viu-se que a dieta de carne, base da alimentação da coluna, era seu principal inimigo desde seu começo, havia mais de dois anos, matando mais de dois mil soldados com doenças causadas pela falta de vitaminas. O curioso é que Taunay, naturalmente desinformado do que fossem vitaminas, atribui tudo à "essência da casca" das laranjas.

Aquelas laranjas jamais serão esquecidas pelos sobreviventes da retirada; a sua cor, o seu aroma, o sabor. Tinham muitas sementes, e eu soube muitos anos depois que lá, naquela beirada de rio onde amassamos barro descalços, nasceriam muitas laranjeiras. Taunay reclama, no seu livro, um monumento para o comandante e seu imediato, enterrados ali. Para mim, o monumento é esse, um laranjal selvagem, a única coisa viva e boa que a coluna deixou para trás. Que dê muitos frutos.

Com as laranjas, ressurgiu também a disciplina. O novo comandante anunciou a intenção de partir logo para Nioaque, em marcha batida. *Recomeçando os clarins a dar os toques de ordem, às horas fixas tocavam a recolher. Já havia alguns dias que não os ouvíamos mais; e um único corneta do quartel-general, tristemente, indicava a sucessão das horas. Mas o que, sobretudo, causou viva e agradável surpresa foi, da outra margem do rio, escutarmos as cornetas do nosso corpo de caçadores, que nos davam o troco. Velava, pois, ainda, sobre nós, a regra militar; cessara o isolamento.*

As crianças tomavam banho num remanso e brincavam na barranca do rio. Eu tinha medo da minha mão inflamar; sabia que seria a morte: consolo era só o que os médicos ainda tinham para nos dar.

Maria catou folhas pelo mato, ferveu e foi me botando compressas quentes na mão, disse que era coisa guarani. Enquanto isso, a tropa se recompunha.

Uma tropa com a disciplina renascendo é como um dia nascendo: uma ponta de claridade no céu escuro, uma luz laranja, nuvens amarelas, enfim o sol. Um toque de clarim, um comandante a dar ordens sensatas, tenentes a dar exemplo, sargentos a dar pontapés nos preguiçosos, homens se pondo de pé e catando as armas.

Eu pensava que a coluna finalmente estava acabada, e que íamos todos morrer ali, senão de cólera ou de fome, de guerra mesmo. Taunay não relata o último grau de degradação em que caímos, quando os soldados, empanturrados de laranjas, tiveram uma disenteria que lavava os intestinos há dias sem funcionar. Alguns mal tinham tempo de correr ao rio e se aliviavam nas calças mesmo, ou no que restava delas; assim, tornavam-se fedentinas ambulantes e, por isso, iam se lavar no rio. Vi, então, que eu continuava ainda um oficial sujo, e fui me lavar no rio. Alguns sargentos me acompanharam, e depois muitos soldados também começaram a se banhar, até com alguma algazarra. Batíamos as roupas nas pedras ou nas raízes de árvores que o rio tinha descavado na barranca, e o barulho chamou a atenção do comandante, que logo estava na barranca com Taunay do lado.

Taunay desceu para o rio e bateu continência para mim:

— Parabéns, tenente, da parte do comandante.

Falou que minha atitude era um exemplo, e que o comandante estava a ordenar que toda a tropa se lavasse. Logo o rio era um tumulto de homens se lavando e lavando roupas, jogando água uns nos outros como crianças. Quando voltei ao acampamento, dois sargentos se perfilaram me batendo continência, e ordenei uma chamada dos homens da nossa seção. As companhias também começaram a chamar os homens pelos seus toques de clarim, ou aos berros de sargentos. A coluna se botava em pé e Taunay, ainda com suas olheiras de fantasma, passou convocando para nova reunião de oficiais; desta vez, na beira do rio, apontou: lá estava o comandante já esperando, sentado numa pedra com os pés na água.

Os oficiais rodearam aquele major bonachão, tão diferente dos outros comandantes. Não fazia pose de sério, ria; mas os soldados sabiam que era homem de ir à luta na frente das linhas, tinha comandado a vanguarda como um leão. Agora, com os oficiais em volta, alguns com os pés no barro, outros com os pés na água como ele, disse que era hora de cruzar aquele rio antes que os paraguaios pensassem que era por fraqueza nossa, e não por força do rio, que estávamos ali disputando quem comia mais laranja. Alguém perguntou como íamos tentar a travessia e ele cortou:

— Não vamos tentar, nós vamos cruzar esse rio!

Levantou, ficando de pé sobre a pedra, chacoalhando um pé para secar, depois o outro.

— E os canhões, senhor?

— Que que têm os canhões?

Todos sabiam que, sem os canhões, a tropa passaria fácil o rio; com os canhões e sem uma ponte, a história era bem outra. Não tínhamos mais nem artilheiros nem seus imediatos, de modo que os canhões agora, entregues a guarnições inexperientes, pouca ou nenhuma serventia teriam. Começou de novo a discussão sobre se devíamos ou não afundar os canhões nalgum ponto mais fundo do rio.

— Eu vou mostrar o que nós vamos deixar para os paraguaios — o comandante apontou no barro umas bolotas verdes do 47 — Só isto, e mais cartuchos vazios, é que vamos deixar pra trás, mais nada!

Calçou as botas. Era um dos poucos com botas ainda em bom estado. Na partida de Nioaque, todo oficial tinha podido levar duas arrobas de bagagem, e ele, em vez de conhaque e outros requintes, tinha levado um par de botas de reserva, entre outras coisas úteis.

— Alguém tem alguma dúvida?

— E se não conseguirmos passar os canhões, senhor?

Ele ignorou a pergunta.

— Quero uma chamada geral. Todo aquele que não se aprontar para a marcha será considerado desertor e fuzilado aqui mesmo. Eu quero fuzilar o primeiro. É tudo, senhores.

Os olhos de Taunay brilhavam: finalmente, ele tinha um comandante talhado para herói. Mas eu também me alegrava, vendo a tropa renascer, os sargentos gritando, os homens reclamando por hábito mas obedecendo com gosto.

Estávamos a 30; fora dada a ordem de se transpor o rio e tudo se determinara previamente. Regularizou-se o vaivém já colocado. Soldados que, isoladamente, haviam passado sem autorização, foram chamados da outra margem e reincorporados às unidades a que pertenciam, após severa admoestação por esta falta que, em campanha, e diante do inimigo, facilmente se transmuta em crime contra a segurança geral. Um sargento que, nesta ocasião, faltara ao dever, foi imediatamente rebaixado.

Isso não vi, me contaram. Um tenente mandou o sargento formar uma guarnição de homens fortes para um dos canhões, e o sargento perguntou pra que. Melhor era deixar ali aquele trambolho, não?

O tenente reportou ao comandante, que montou no 47 e galopou até o canhão. O sargento comia laranjas no chão com alguns homens, e o comandante apeou já chutando laranjas. Arrancou a sabre as divisas do sargento, botando-lhe enquanto isso o revólver na cara.

— Não vamos fuzilar um sargento. Que seja rebaixado antes!

O sargento pediu perdão.

— Um militar de honra não pede perdão, sargento, pede para combater — e riu o comandante: — O senhor ficará com o último canhão a transpor o rio, para provar, lutando, que está mesmo arrependido.

Bastou este ato de firmeza para reparar os males que os quatro dias de moléstia do último comandante haviam causado à disciplina. E começou a travessia. *Já se verificara, por meio de bons nadadores, a força de resistência do cabo, sob pesos assaz consideráveis. Agora, homens em número sempre crescente, mas calculado, dele se suspendiam mudando as mãos, enquanto os corpos, completamente estirados pela velocidade da água à superfície, avançavam de empuxão em empuxão, acabando, não sem esforço nem perigo, por atingir a margem oposta. Assim passou o 20º batalhão.*

Começou, então, outro drama. *Depois do batalhão vimos coléricos tentar vencer o passo e consegui-lo, não somente como até ainda da prova saírem alguns completamente curados.* Os coléricos, mesmo os mais fracos, queriam era passar logo: *como tivessem presenciado o abandono dos enfermos, ainda tão recente, não lhes saía da mente a previsão de igual destino.* Como comandante dos doentes, fui perguntar o que devia fazer, permitir ou impedir que tentassem?

— Tenente — o comandante sorria — para eles essa travessia é de vida ou morte, para nós também. Quem quiser tentar, tente, e do lado de lá, se possível, melhor seria que cada um já pegasse seu fuzil.

Levávamos dezenas, talvez mais de centena, de fuzis dos mortos e enfermos. Em feixes, amarrados até por cipós, os fuzis passavam o rio a duras penas, e um dos feixes a água levou, depois também se perdeu assim um caixote de cartuchos. O comandante foi ficar na ponta da corda, onde os soldados começavam a travessia:

— O próximo que perder um cartucho que seja, eu mato pessoalmente! — dizia calmamente aos homens, e eles amarravam as cargas nas costas uns dos outros, batiam continência e entravam na água levando do comandante um tapa no ombro:

— Vai com Deus, soldado!

Coléricos vinham me perguntar se deviam ou não tentar a travessia, eu apontava o comandante:

— Pergunte a ele.

Os homens iam para a água, e quase todos passariam; alguns se afogaram. Depois, foi a vez das mulheres, que mandei passar cada uma ajudada por dois homens; e a mesma coisa fizemos com as crianças, e para algumas aquilo foi uma brincadeira. Depois fiquei ali, achando que, com a mão ferida, ali ia continuar e morrer com a guarnição que ficaria defendendo a passagem da última companhia.

— Não vai passar, tenente? — era Taunay ao meu lado.

Levantei a compressa, a ferida estava inflamada e purgando.

— Com a ajuda de Deus, tenente, o senhor vai conseguir.

— Ora, Deus... — resmunguei — Por que ele estaria só do nosso lado? Se criou tudo, por que não estará também do lado dos paraguaios?

— Está também, tenente, mas só ajuda quem se ajuda. Vamos lá!

Me pegou pelo braço querendo levar para a água, me livrei com um safanão; disse que me deixasse em paz. Ele agachou me olhando os olhos:

— Escute, meu amigo.

Disse que sabia que eu não via sentido naquela expedição maluca, e que, por princípio, decerto eu também não via sentido em guerra alguma.

— Mas olhe a natureza.

O peixe maior come o menor, disse estas palavras ou coisa que o valha; e o gavião come passarinho, mas passarinho também come minhoca, como a minhoca come vermes menores da terra. A matança seria, assim, natural, e na escala humana da vida as nações também se comiam, uma tentando abocanhar outra, como tinha feito o Paraguai. Os homens vivem em tribos ou nações, disse, como alguns animais vivem em bandos, que se enfrentam de vez em quando, seja por isso ou aquilo — quem sabe porque os homens gostam de lutar, como dizia Maria.

Ele falou em Maria, eu me afastei, ele foi atrás, sempre falando. Que o fato é que, lutando pela nação brasileira, defendendo nosso direito de ser nação, defendíamos portanto o Direito, e também a moderna Filosofia, que dava aos homens liberdade e às nações independência.

— Que independência? O Brasil é hoje mais dependente da Inglaterra do que quando era colônia de Portugal!

Ele engoliu, falou magoado:

— Isso, tenente, vamos resolver mais tarde.

— Guerreando contra a Inglaterra com canhões ingleses?

Ele me encarou irritado:

— Tenente, o Brasil foi invadido e eu sou brasileiro, você é brasileiro.

— Não, antes de tudo sou um ser humano.

Seria então desumana a guerra? — ele continuou — E humana seria a nossa escravidão se deixássemos o Brasil indefeso? Perguntei por que ele tanto insistia que os paraguaios nos fariam escravos caso dominassem o Brasil, se, na verdade, os guaranis é que tinham sido escravizados por nossos antepassados, ou por metade dos meus antepassados, já que os antepassados da minha metade negra tinham sido escravos também, depois de terem sido africanos livres...

Taunay rebateu que não era bem assim, que a maior parte das tribos, e também as nações africanas, usavam escravizar prisioneiros de guerra ou mesmo fazer guerra para ter escravos.

Fiquei quieto; não ia discutir com a erudição de um nobre cavalheiro. Fiquei olhando urubus que voavam alto sobre nós, disse que não queria conversa, me deixasse em paz.

— Ora, tenente, estamos em guerra! — ele riu.

Disse que, além de tudo, eu tinha mais uma razão para lutar:

— O senhor é um homem de brio, não é?

Comecei a rir, no meio do acampamento fedido que íamos deixar para os paraguaios. Ouvimos gritos. Eram os homens tentando atravessar carga pesada. Os caixotes de munição passavam em *pelotas*, sacolas de couro cru amarradas na ponta de paus grossos, que três ou quatro homens levavam acima da água. As granadas, que podiam se molhar, passavam em sacos nas costas dos homens. Taunay foi ajudar. Peguei minha mochila taunayana, com canetas alemãs e papéis franceses secos, e fui anotar aquela conversa, antes que fugisse da cabeça. Em meu livro, queria dissecar a filosofia da guerra no corpo daquela expedição, e anotava bastante enquanto pude usar a mão direita. Então, descobria o suplício que é se tornar canhoto de repente[20].

---

[20] Entre os papéis de meu pai na lata de bolachas, depois de sua morte eu descobriria folhas anotadas em letras de fôrma garranchadas, uma caligrafia que porém ia melhorando com a prática. As últimas anotações já eram bem mais legíveis, mas para escrever seu livro ele teria de esperar a mão se recuperar inteiramente. Depois, imagino sua mágoa quando, com seu livro ainda pela metade, foi publicada a aclamada obra de Taunay. Ditando estas lembranças, ele fica muitas vezes perdido num ou noutro papel. Se todo mundo tem um secreto desejo, o de meu pai era escrever um livro.

Escrevendo com a mão esquerda, me esqueci de tudo. Quando vi, anoitecia, e não tinham conseguido passar nenhum canhão. Chupamos laranjas. Taunay passou comunicando: o comandante esperava um ataque paraguaio a qualquer momento, mas estava tranqüilo porque agora tínhamos os quatro canhões em meia-lua, de costas para o rio, de modo que, mesmo com poucos homens ali, a posição era ótima. Mas que as sentinelas fossem reforçadas e trocadas de hora em hora. Uma última batalha, pensei, antes do último rio, e dormi de cansaço.

Quando acordei, já dia claro, Taunay estava a meu lado, anotando. Fechou o diário, guardou na mochila, envolveu a mochila num saco encerado, amarrou no alto da cabeça. Explicou que não queria molhar aquilo:

— Acho que temos aqui documentos históricos, tenente — ele baixou a voz — E meu diário.

Devia estar anotando as observações do dia anterior, como anotaria no dia seguinte os acontecimentos daquele dia, pela simples razão de que não lhe sobraria tempo para isso:

A 31, com a mais viva animação, puseram todos mãos à obra; não houve quem se não prestasse, quer para trazer à ribanceira a primeira peça, quer para multiplicar os nós da amarração em torno dos troncos de árvores da margem, e os consolidar, quer ainda para a fixação das polias que deviam facilitar o transporte. Moveu-se, afinal, a boca de fogo, e, quando, puxada de modo a escorregar ao longo do cabo, por diversas juntas de bois colocadas na ribanceira oposta, pareceu seguir regularmente, estrepitosas aclamações ergueram-se, em ambas as margens, acompanhando-a até que saísse da água.

Fui me envolvendo com aquilo; primeiro ajudando a dar um nó aqui, depois puxando uma corda ali, enfim entrando na água para, com um só braço, ajudar a levar aqueles monumentos de insensatez para a outra margem. O segundo canhão foi infeliz: com o peso e a tensão da água, rompeu-se o cabo. Finalmente Taunay, o caçador de heróis, anota o nome de um soldado, embora incompleto, ao contrário do que fez com todos os oficiais citados:

Um soldado, cujo nome merece ser recordado, Damásio, ofereceu-se imediatamente para mergulhar no ponto de imersão, e, tendo conseguido reconhecer o fundo, pôde, após duas ou três emersões, para tomar fôlego, passar em torno da peça uma corda de que se provera e serviu para a puxar. A lição valeu para a passagem dos outros canhões, quando eu já estava tão envolvido que até esquecia da mão latejando. A passagem de cada canhão foi, sem ironia, uma batalha, e só passamos o último no dia seguinte de manhã, depois de mais uma noite esperando um ataque que, agora sim, nos massacraria ali, com um canhão só.

— Nada — disse Taunay — Deus esteve conosco até agora, não ia nos abandonar justamente nesta hora.

Um louco riu, perguntei por que Deus abandonara aquele homem ali. Taunay também riu:

— Tenente, você devia ser advogado. Do diabo.

E dormimos lado a lado. Acordamos com o primeiro sol, surpresos com a inércia dos paraguaios. Atravessei o rio nas costas de um soldado muito forte, Taunay ajudando. *A primeiro de junho, à tarde, achamo-nos todos, afinal, reunidos em torno da casa de Lopes, no seu pomar, por nós despojados de frutos, e logo, sem mais repouso ou alimento, recomeçamos a caminhar. O inimigo, que passara para a margem direita, lançou então os seus atiradores contra a nossa retaguarda.*

O comandante da retaguarda foi pessoalmente comandar a defesa, que logo virou contra-ataque. Nossos soldados voltaram dando gritos de vitória e a tropa aclamou. Mas aquela parada nos comeu o dia; já era noite, e então acampamos. Aliás, nem bem acampamos e já as cornetas deram toque de partida. O comandante queria marchar na noite escura, sem lua, com tempestade se armando.

Cada qual, no entanto, compreendeu a necessidade urgente de transpor, custasse o que custasse, o espaço que nos se-

parava da vila de Nioaque, quando o menor atraso de nossa parte podia causar-nos o aniquilamento total. Então marchamos. *Por mais sombria e tempestuosa estivesse a noite, não nos ocultava a estrada que diante de nós se abria, larga e plana.*

— O homem ficou louco — diziam os soldados.

— É que temos de chegar a Nioaque antes dos paraguaios — Taunay passava montado no 47 — Senão eles pegam as provisões.

Aquilo correu pela tropa, que naturalmente apressou o passo. *Caminhávamos a passo dobrado. Restavam-nos poucos doentes, havendo vários falecido nos dias antecedentes, e entre eles o alferes Muniz.* (Os oficiais sempre notáveis, os soldados anônimos sempre.) *No entanto, os soldados, que se revezavam em carregar as padiolas, começavam a murmurar ameaçando desvencilhar-se da carga.*

Este princípio de insubordinação que tudo poderia arruinar não teve, contudo, tempo para progredir. Avisado, caiu o comandante, a todo o galope e de espada desembainhada, sobre os rebeldes, encontrando-os a pedir perdão. Desde este momento reinou o silêncio na coluna, em obediência às ordens dadas.

O que Taunay não conta é que o comandante vinha montado no 47, que pateou me olhando. Eu marchava de novo no comando do rabo da tropa, vendo Maria quase a se arrastar agarrando na carreta do canhão, onde ia deitada uma mulher grávida.

— Comandante — pedi — temos uma mulher grávida e só temos esse cavalo.

Ele me olhou de cima:

— Tenho de correr a tropa, tenente.

Afastou-se a galope. Continuei a marchar, com a mão latejando, alimentado pela idéia de escrever meu livro, onde desnudaria a guerra contando daquela expedição, a coluna saindo engalanada e festiva, com banda e fanfarra, para ir deixando, Brasil afora, os galões, a banda, a bagagem, os feridos. Ia contar a história, sem me preocupar com a História.

Eu iria contar, inclusive, que na guerra heroísmo é de pouca valia, o que é preciso ter é sorte, como conta Taunay:

Subitamente, no meio da estrada, surgiu uma patrulha paraguaia, a quem o zunir do vento e o ribombo do trovão haviam encoberto qualquer suspeita da nossa aproximação; e ainda, sem que os seus cães, a ladrar, ou o gado, a mugir, houvessem dado o alarma. Caminhando à frente da coluna, mandou nosso comandante que estacássemos e deu ordem para que nos preparássemos a carregar à baioneta sobre o acampamento inimigo.

Mas já este a toda pressa se retirava, deixando o passo livre; nem teve tempo de reunir todo o gado que tangia; estremalharam-se alguns bois que apresamos; circunstância para nós de inestimável valor; era a própria vida. Apesar da urgência que nos impelia a avançar, não foi possível recusar aos soldados o tempo necessário para carnear algumas das reses apanhadas e comer um pouco de carne, às pressas assada.

Na verdade, muitos homens comeram carne crua, começando a retalhar os bois a faca e facão, para tirar logo as partes mais macias, mas o comandante chegou a galope com a pistola na mão:

— Mato o primeiro que botar a mão nesse boi!

Um oficial pegava cada boi com uma dupla de magarefes e descarnavam direito, cada companhia ou guarnição levando então sua parte, o que deu tempo de acenderem fogueiras. Lembro que comi assim costela assada depressa, em espetos em pé na beira do fogo, à moda gaúcha. Em vez de ficar escura, como no assamento de cinco horas longe do fogo, a carne de vermelha passa a rosada, suculenta e macia. Eram de grande valia os sabres para puxar pedaços que caíam no fogo.

Pedi que os fígados ficassem para as mulheres, as crianças e os feridos. Os doentes só recebiam suco das últimas laranjas. Notei que os cabos e soldados obedeciam minhas ordens prontamente; e não posso mentir que não senti orgulho.

— O senhor é um homem de brio — essas palavras de Taunay volta e meia me voltavam na cabeça.

Carregou-se o resto para as necessidades futuras. Atravessando o posto abandonado, tomaram os soldados o que ainda havia de víveres e até couros, que a penúria dos dias precedentes lhes fazia considerar como último e precioso recurso contra a inanição. Os soldados já sabiam até que partes do couro de um boi pode-se mascar, em retalho, e que partes é melhor ferver para tomar o caldo, cerrando os dentes para não engolir os pêlos.

Recomeçando a caminhar acompanhou-nos a chuva ainda, sem que a nossa marcha por isto se atrasasse, embora, de tempos em tempos, nos víssemos forçados a estacar à espera da artilharia. (...) Avançamos, apesar de tudo, até as quatro da madrugada. Dado, então, o sinal de alto, estrompados e quase sonâmbulos deixamo-nos cair no chão enrolados nos ponchos, encharcados como o capim que nos servia de colchão.

Eu fazia minhas sofridas anotações, debaixo de um couro espetado em fuzis, como uma tenda, quando Taunay passou no 47, para avisar que íamos continuar na alvorada. Do cavalo, perguntou:

— Posso saber o que o senhor escreve, tenente?

— Uma história de guerra.

— Engraçado, eu também.

Afastou-se, e eu fiquei ali pensando se ele também pensaria em escrever um livro sobre a retirada; mas achei impossível, não era o tipo de guerra de que ele gostaria, ele não teria o que contar daquilo. Dormi em paz, depois de ver as crianças tomarem a sopa de fígado, mascando os retalhos, desmaiando em seguida com as canecas na mão.

Duas horas mais tarde, às seis, estávamos de pé e, graças ao que havíamos ingerido, sentindo-nos mais fortes prosseguimos, sob um céu sereno e uma atmosfera tépida, a nossa intérmina caminhada para Nioaque, por toda parte percebendo, sobre a estrada, onde os paraguaios nos precediam, o rasto de seus cavalos.

Desde a última parada atravessávamos cerrado matagal, onde os soldados, já não mais temendo o ataque da cavalaria, marchavam com segurança, mais afastados uns dos outros. Taunay não conta, porém, que o mato agora supliciava a tropa, principalmente a vanguarda, a primeira a peitar o mato engarranchado, áspero; embora a retaguarda também sofresse com os galhos partidos, que se tornavam como pontas de lança do mato, a nos ferir em resposta às agressões da vanguarda.

No meio da tarde chegamos à mata do Canindé, onde teríamos ainda de atravessar o Rio Canindé, o que me fez pensar se Deus nos brindaria ainda com um novo inferno pela frente. Chegamos ao rio às três, *tendo vencido sete léguas, motivo de espanto geral, dada a fraqueza em que nos achávamos.*

Mas foi só atravessar o rio para dar com má notícia: *deparou-se-nos o cadáver de um capataz de carretas, chamado Apolinário, a quem os paraguaios acabavam de matar.* Era do comboio de comerciantes que tinham ido atrás de nós e agora recuavam na nossa frente. Também soubemos que boiadeiros e uma boiada, que nos esperavam ali, agora estavam com os paraguaios. *Nada mais ali havia do que destroços de toda espécie, juncando os dois lados da estrada alguns montes nojentos de farinha e arroz, amalgamados pelas bátegas de chuva, no meio das poças de água do solo.*

Para os soldados, aquilo era comida; pisoteada pelos paraguaios, mas comida. *Todos para ali quiseram precipitar-se; romperam-se as fileiras, num tumulto inexprimível, no meio de um misto ensurdecedor de queixas, ameaças, vociferações e risadas idiotas, à vista daquele pasto imundo onde cada qual pretendia saciar-se. Quiseram a princípio os oficiais interpor a sua autoridade, vendo-se, porém, desrespeitados. Então um deles, o tenente Benfica, injuriado por estes alucinados, atracou-se com um deles, derrubou-o e o dominou com o revólver.*

Taunay não conta que ele também ajudou o tenente a conter aquele tumulto, descarregando a arma para o céu e gritando que aquilo era da Cozinha. Com as mesmas pás que tinham desatolado carretas e cavado covas, recolhemos o arroz e a farinha do chão, e fizemos a distribuição para o cozinheiro de cada batalhão. Os soldados comeriam arroz na sopa como se fosse uma iguaria, e as crianças raspariam as cuias e pediriam mais e mais, até terem dor de barriga de tanto comer, as barrigas crescidas de repente.

Agora víamos quantos oficiais faltavam, quantos claros nas companhias. Da coluna que saíra do Rio de Janeiro, tínhamos perdido umas duas mil pessoas na travessia dos pântanos do Coxim, mais umas quatrocentas de beribéri, depois mais umas trezentas de cólera, e calculo umas sessenta ou setenta mais foram mortas pelo inimigo. Tudo somado, creio que a coluna chegou a ter um total de cinco mil pessoas, e agora voltávamos em menos de duas mil. Em meu livro, iria sugerir que erguessem ali, em Nioaque, um monumento à Retirada da Laguna, uma placa negra de granito com uma inscrição mais ou menos assim:

Aqui terminou a Retirada da Laguna,
que sacrificou três mil brasileiros.

Duas léguas apenas nos separavam de Nioaque, e o comandante, para avisar a nossa chegada, fez disparar, ao mesmo tempo, as nossas quatro peças, acompanhadas de um fogo rolante de todos os batalhões. Os soldados gostaram, e passaram a atirar, os comandantes fazendo vista grossa para o tiroteio, *chegando, aos últimos clarões do dia, a tomar festivo aspecto*. E arremata o nobre Taunay: *A esperança de melhores dias está sempre pronta a renascer no coração dos homens.*

Me comprazo em misturar trechos dele com minhas observações, e confesso também que, naquela altura, começava a enxergar que aquela tropa miserável tinha mesmo espírito de luta, e a nossa retirada, trazendo aqueles canhões, era realmente uma façanha extraordinária, senão da engenharia e da tática militar, pelo menos da capacidade humana de resistir e se superar.

Taunay sente falta de rituais completos, com banda e uniformes vistosos: *Soavam os clarins e folgávamos em ouvi-los; mas que era feito das músicas de nossos batalhões?* Simplesmente os músicos estavam mortos. E, sem música mas animados, seguimos para Nioaque.

A meio caminho, uma companhia nossa foi disputar uma boiadinha com os paraguaios, levando um dos canhões, com o que os paraguaios fugiram logo, ganhando *riso geral e as vaias da nossa gente*, como anotou Taunay. Enfim, nosso último contato com o inimigo se dava de novo por causa de bois; de modo que à espera de rebanhos a expedição mofara no começo, depois passara fome por falta de bois, por bois lutara e agora, enfim, acabava confirmando ser aquela a nossa guerra do boi...

Fomos encontrando restos de pilhagem paraguaia. Em Nioaque, o comandante da guarnição desertara, mas seu imediato levara para os morros o arquivo, a tesouraria, provisões e munições. O armazém estava incendiado, mas os soldados ainda salvaram algum mantimento e sal. Por todo lado havia cadáveres de desertores, todos com muitos ferimentos. Tinham nos deixado, por medo de morrer, para achar a morte ali, onde esperavam achar segurança. *Fora um deles, de pés e mãos amarrados, sangrado como um porco. Jazia outro, crivado de feridas, e uma velha, estirada a seu lado, de goela aberta e seios decepados, nadava no próprio sangue.*

— Eu não falei? — disse Maria.

Ela não quisera ficar em Nioaque por apostar que os paraguaios voltariam, e estava certa. Aquele povoado tinha sido saqueado pelos paraguaios, depois não menos saqueado pela nossa coluna, para novamente ser saqueado pelos paraguaios — e, agora, chegávamos nós de novo, com muito mais fome. Afinal os soldados, depois de tantas privações, sentiam-se com direito a tudo pegar. *Acabaram tomando o que aos paraguaios escapara*, percebe nosso herói. *Graças a esta sucessão de roubos, desaparecera, em alguns meses, destas terras novas, o pouco que o incipi-*

ente comércio ali introduzira, como mecanismos e ferramenta, tudo, enfim, o que o trabalho conseguira juntar de frutos e poupança. Que magnífica descrição para os resultados duma guerra!

Maria, porém, pareceu renascer de vestido novo, feito de retalhos mas enfim um vestido, ela que como todos estava em trapos ao chegarmos ali. E ali nasceu o filho do alferes Afonso, cuja mulher andou bons trechos no 47. O nenê chorou, o acampamento silenciou, até os mais rudes soldados silenciaram para ouvir, com respeito e alegria, aquele choro parecendo um clarim, como a dizer que mais uma geração estará sempre pronta a cobrir os claros da anterior, cerrando fileiras de voluntários e recrutados para as guerras do futuro. Ficamos bom tempo pasmos ouvindo aquele nenê, até que alguém uivou dando um tiro para o ar, e seguiu-se mais uma fuzilaria com gritaria, ao fim do que o nenê tinha silenciado; talvez mamando, talvez ciente agora de que muito mais barulho que ele podia fazer o mundo dos homens.

Maria andava tonta, esperando a todo momento ver surgir Taunay, mas ele andava agora a serviço do Comando, que o comandante despachava comunicados e encomendava relatórios. Depois partimos para Aquidauana, onde finalmente nos livramos das roupas cheias de piolhos[21].

É preciso lembrar que os paraguaios tinham deixado uma armadilha de pólvora na igreja de Nioaque, e um dos nossos obedientes soldados brasileiros, como Taunay sempre frisa, apesar de terminante ordem em contrário, acendeu um isqueiro

[21] Em suas *Memórias*, escritas no final do século XIX mas só publicadas em 1943, depois de cinqüenta anos na Arca do Sigilo do Instituto Histórico e Geográfico Brasileiro, Taunay conta pormenores que dão idéia do estado sanitário em que se achava a tropa: *Como sempre tive os cabelos muito anelados, contra o costume em viagem, os deixara, na colônia de Miranda, crescer. O pó da estrada, as cinzas das queimadas, a impossibilidade de penteá-los, por falta, antes de mais, de pente, de tal modo se me havia emaranhado a cabeleira, que formava uma espécie de pasta ou capacete, em que os dedos não podiam mais penetrar. (...) Só no Taquaruçu foi que um soldado, improvisado em cabeleireiro e manejando péssima tesoura, me descarregou da nojenta massa, cortando-me o cabelo à escovinha, mas com os mais engraçados caminhos de rato. (...) Contra as muquiranas, mandei ferver água num caldeirão (...) e mergulhei toda a roupa naquele banho, cuja superfície literalmente pretejou de bicharia.*

e a igreja explodiu. Foram quinze mortos, e mais motivo para que nossas tropas no Sul, invadindo o Paraguai depois, em represália fizessem barbaridades com os paraguaios. Taunay contribuiria para isso, lançando seu livro ainda durante a guerra e despertando desejos de vingança com este trecho:

Já nos precipitáramos para a igreja; dela saíam, dentre turbilhões de fumo, irreconhecíveis formas, fantasmas enegrecidos e avermelhados pelo fogo. Ardiam uns com as roupas em chamas, outros completamente nus e cuja pele pendia em frangalhos, soltavam urros; alguns ainda rodopiando como alucinados já se debatiam nas angústias da agonia. Perdera um soldado negro toda a epiderme do rosto, arrancada como uma máscara. Era-lhe o corpo sangrenta chaga. Um sargento, cujas carnes se achavam inteiramente desnudadas, implorava, por misericórdia, que o acabassem com uma bala ou um pontaço.

O Paraguai tinha dois milhões e duzentos mil habitantes quando começou a guerra. Quando terminasse, teria só duzentos e vinte mil, dos quais só vinte mil homens, a maior parte velhos e meninos. Creio que nossa desastrada campanha no Norte serviu para aumentar a sanha assassina entre os dois povos. Salvo engano, nunca uma guerra terá matado tanta gente, proporcionalmente à população — com exceção de Massada, aquela fortaleza de judeus que resistiram meses ao cerco dos romanos, até que todos os homens se mataram, depois de cada um matar a própria família para não viverem como escravos.

Voltemos à marcha para Aquidauana. No caminho, os paraguaios de nós se despediriam ritualmente. *Deles próprios partiu o aviso da retirada, com uma fanfarra prolongada de clarins que tal sinal deu, mais lisongeiro a nós outros do que a eles. Não se fizeram nossas cornetas rogadas, aliás, em associar-se àqueles toques com um estrépito a cujos ecos estremeceram longamente aquelas solidões.*

Assim, as duas tropas tinham brincado de guerra pela última vez. O que não sabíamos ao certo, mas desconfiávamos, era que o cólera grassava entre os paraguaios, ali no Norte e também no Sul, e seus soldados e cavaleiros também morriam mais de doença e de fome que de combate.

Em Aquidauana, finalmente um rebanho nos esperava, mas hoje desconfio que foram os frutos dos quintais e dos sítios que levantaram de novo nossa tropa, para que, dali por diante, fôssemos recebidos como heróis pelas cidades e povoados. Mas por que o povo aplaudiria uma expedição estraçalhada e derrotada? Ora, porque a 12 de junho, considerando a retirada concluída, o comandante chamou Taunay para baixar uma ordem do dia que justificasse tudo, a retirada, as milhares de baixas, os atropelos, as confusões e vacilações, dando a aquilo tudo um nome:

— Talvez Campanha do Norte? — o comandante pensava se coçando, ainda tinha piolhos.

— Pensarei num bom título, senhor — Taunay começou a escrever.

— O importante é que seja uma ordem do dia que mostre aos homens o seu próprio valor.

Eu tinha ido apresentar um relatório da Enfermaria, e vi que ele escreveu sem levantar a pena uma só vez.

Em seguida ficou em pé para ler: *A retirada, soldados, que acabais de efetuar, fez-se em boa ordem, ainda que no meio das circunstâncias as mais difíceis. Sem cavalaria contra o inimigo audaz que a possuía formidável, em campos onde o incêndio da macega, continuamente aceso, ameaçava devorarnos e vos disputava o ar respirável, extenuados pela fome, dizimados pelo cólera, que vos roubou em dois dias o vosso comandante, o seu substituto e ambos os vossos guias, todos estes males, todos estes desastres, vós os suportastes numa inversão de estações sem exemplo, debaixo de chuvas torrenciais, no meio de tormentas e através de imensas inundações, em tal desor-*

ganização da natureza que parecia contra vós conspirar. Soldados! Honra à vossa constância, que conservou ao Império os nossos canhões e as nossas bandeiras!

O comandante abraçou Taunay; era um homem duro mas simplório, que jamais chegaria a general, e estava comovido. Comovidas ficariam cidades inteiras, na medida em que Taunay fosse contando a história, primeiro voltando adiante de nós, só com um ordenança e um guia, para levar as notícias ao Imperador no Rio de Janeiro. Ele iria contando a sua versão heróica da retirada, transformando aquilo num grande feito militar, e nós nos veríamos saudados como heróis na medida em que seguíamos seus passos.

O seu livro apressaria o fim da guerra; se não fosse por mais, por fomentar mais carnificina.

Ele seria herói, político, senador, glória das armas e das letras nacionais. Eu ficaria em Uberaba, esperando ordens, e nem participaria da triunfal chegada da tropa ao Rio de Janeiro, ou o que restaria dela, embora importantes mesmo, para os desfiles, sejam o garbo e a música[22].

Também em Aquidauana acontece de eu quase abraçar Taunay. Um grupo de soldados, daqueles que não perdem oportunidade de se embebedar, quis pegar o 47 para churrasco, a marcha tinha rebaixado os homens para um apetite brutalmente animal. Fui reagir mas os homens não me deixaram chegar perto do cavalo, com brincadeiras e negaceios, até que ouvimos um tiro, era Taunay com a pistola para o alto:

— Entreguem esse cavalo imediatamente e não daremos queixa dos senhores.

---

[22] As *Memórias* de Taunay não seriam conhecidas de meu pai, que morreu semanas depois de concluir este relato, décadas antes da Segunda Guerra, mas com a amargura de ter visto como as armas e a estupidez já tinham evoluído na Primeira Guerra. Taunay porém, na página 255, quando conta dos dias em que ficou em Aquidauana preparando a correspondência do Comando para o Imperador, dedica a ele algumas linhas: *O trabalho de escrita que tive naquela semana foi extraordinário. Embora ajudado na cópia pelo excelente companheiro, tenente Rufino Francisco de Moura, tinha que atender a tudo, relatar minuciosamente ao ministro da Guerra...*

Os senhores, uns brutamontes caindo de bêbados, foram resmungando procurar outra janta, e abracei 47 pelo pescoço; acho que só não abracei Taunay porque ele se afastou logo, municiando a pistola como se a guerra fosse continuar.

Maria também ficou em Uberaba. Como viúva casada de papel passado, como diziam, tinha direito a pensão pelo marido morto em campanha, e se arranchou numa casinha de fundos. Começou a fazer doces para vender, e conservas de palmito que índios lhe traziam dos matos. Eu passava por lá, para ver o menino, na verdade a mãe também, ainda com esperança. Todos se recuperavam da retirada, difícil era quem não tinha emagrecido ao menos uma arroba; e agora, engordando, iam voltando a parecer os mesmos de antes.

— Você está engordando depressa — reparei.

— Estou com nenê — ela falou mexendo goiabas em calda num tacho.

Tomei o café mais amargo da minha vida, e ia saindo quando ela me pegou o braço:

— Ele disse que ia me escrever pelo correio da tropa. Você pega a carta pra mim?

Pela mala do correio vinham também jornais do Rio, contando o sucesso do capitão Taunay, como já era chamado "porque a promoção é certa", diziam as notícias. A pedido do pai, tinha ganhado a Medalha da Ordem da Rosa, ainda antes da coluna marchar ao Paraguai para conquistar um casebre numa fazenda abandonada chamada Laguna; e, agora, prediziam que devia ganhar as mais altas honrarias do Império. Eis um recorte: "Por onde vai, o capitão Taunay encanta pelo entusiasmo e pelo brilho com que narra a heróica Campanha do Norte do Paraguai".

E Maria esperava notícias dele... Mostrei a ela os jornais, ela me pediu para ler várias vezes, aí começou a descascar uma abóbora, os olhos olhando para nada. Foi a penúltima vez que vi Maria: tão mal me senti depois, que me prometi não voltar mais lá. Mas um dia, já passados mais de seis meses, uma vizinha aparece no quarto dizendo que ela andava doente e me chamava.

A vizinha trazia o menino no colo, e ele logo abriu os braços pra mim. Mas dei nele um abraço e deixei com a vizinha, para ir correndo até Maria.

Era o parto. Uma índia velha rezava, ou coisa que o valha, ao lado da cama onde ela gemia. Uma parteira ainda mais velha dizia que o nenê não queria sair, já tinha feito de tudo. Falei que ia buscar um médico, Maria me olhou estendendo a mão, agachei para ouvir:

— Cuida do menino. E perdoa.

Fui buscar médico, pensando quem ela queria que eu perdoasse: a Taunay, a ela ou a mim mesmo? Talvez os dois, ou nós três? Voltei com o médico, ela estava morta, e logo o médico viu que o nenê também; então resolvi esquecer qualquer perdão a Taunay. Fiquei com o menino, a quem criei e eduquei, inclusive no amor às letras, de modo que é a quem dito este relato[23].

Deixei o Exército[24], fui ser cartorário neste país de cartórios, graças à boa fama de herói da retirada. Como se sabe, não há concurso para oficiais cartorários, os cartórios são entregues a cabos eleitorais ou a pessoas notáveis que

---

23 Meu pai sempre me dissera que eu era filho adotivo, sim, mas eu pensava que tivesse sido adotado depois da guerra. Dizia que não conhecia minha mãe, e de repente fiquei sabendo que era a Maria de quem ele tanto falou, a paixão da sua vida, como dizem nas novelas. De certa forma me senti traído, e talvez também por isso demorei tanto a transcrever esta narrativa. Daquela guerra, talvez porque a memória se recusou a guardar lembranças tão ruins, não me lembro de jamais ter tido qualquer lembrança daqueles dias, de menino em marcha.

24 Para encerrar, lembro que estamos em 1925, quando meu pai ditou esta narrativa e quando, também, saiu mais uma edição d'*A Retirada da Laguna*, já um clássico das letras nacionais, a primeira edição com tradução, do Francês para o Português, do filho de Taunay, Afonso, e que é a versão usada para os trechos que transcrevi, como acho que gostaria o pai.

necessitem de uma sinecura para viver e pronto. Só muitos anos depois eu viria a saber que a singela oferta do Governo, me presenteando com um cartório no centro do Rio de Janeiro, era por sugestão e insistência de Taunay.

Mas bem antes ele já me enfiaria a lança do remorso — quando, ainda na guerra, fui chamado ao Rio de Janeiro por aquela comissão de medalheiros, à cata de heróis para esquentar os fornos de heroísmo para a guerra. Já contei; só não contei que, depois de insistentemente me perguntar se eu não presenciara nenhum ato heróico do nosso heróico tenente, o presidente da comissão suspirou e me encarou com pesar:

— É uma pena que o senhor não tenha o que recomendar do tenente Taunay, que tanto recomendou o senhor.

Começou a ler. Bravura em combate. Bravura em combate. Dedicação extraordinária a feridos e crianças. Bravura em combate. Ao todo, sete recomendações, que me valeriam duas promoções seguidas e uma pensão muito boa. Mas, com boa pensão e depois ótimo cartório, eu passaria porém a viver com aquela lança no peito.

Quando minha mão melhorou a ponto de poder escrever, demorei ainda para começar meu livro, esperando acabar a guerra para não ser chamado de inimigo da Pátria e perder a pensão. Quando li no jornal um dia, nem acreditei: o heróico capitão Taunay, brevemente major, ia lançar em livro suas lembranças da famosa marcha, com o título de *A Retirada da Laguna*, dizendo que se tratava de uma questão de honra, para o Exército Nacional e o Brasil, mostrar aos brasileiros o heróico comportamento da tropa e sua vitória moral.

Comecei a rasgar minhas anotações, e num acesso acabei rasgando também meu livro que, apesar de tudo, estava pela metade. O livro de Taunay saiu e, embora escrito em Francês, foi noticiado, comentado, falado, e tão vendido como peixe na Semana Santa; a ponto de até mesmo um sargento me perguntar se eu tinha lido o famoso livro.

— Não sei Francês — respondi; e o sargento, na portaria do Ministério da Guerra, onde eu ia acertar uns papéis, disse que também não sabia Francês, mostrando orgulhoso o livro de Taunay e um dicionário de bolso:

— Aprendi lendo. Que grande escritor, hem! Que história, hem! O senhor também esteve lá, não?

— Mas na retaguarda, onde só costuramos e alimentamos os heróis.

O sargento ficou me olhando, depois ficou falando com o cabo, e de longe consegui ouvir uma palavra: *despeitado*. Aquilo me enfiou mais ainda a lança no peito.

Mas acabei lendo o livro quando saiu em Português; a "nossa edição cabocla", como diziam, bajulando, os jornais. Lembro que comecei a ler numa sexta de manhã, no cartório, e precisaram me avisar da hora do almoço, eu debruçado sobre *A Retirada*. Depois, nem vi quando fecharam as portas no fim do dia, fiquei lendo até que anoiteceu, acendi as luzes, li até o fim naquela mesma noite, e acho que comecei a querer pensar em talvez perdoar Taunay.

Depois viria a República, o Imperador foi mandado embora num navio e, de repente, os viscondes, duques, barões e marqueses não valiam mais nada, sendo maior a queda quanto mais alta a nobreza, e entre todas a queda de Taunay seria a mais humilhante. Num dia, senador festejado do Império; no dia seguinte, um saudosista ultrapassado.

Mas ainda choveria glória sobre Alfredo d'Escragnolle Taunay, quando morresse, sendo lembrado por conservadores e republicanos como grande artista e herói da Pátria. Um grande escritor da época disse, num artigo de jornal, que a nossa desastrada Coluna do Mato Grosso, com sua absurda estratégia, talvez se justificasse só por gerar um grande escritor e um grande livro... E, por ironia desse grande dramaturgo e comediante, o Tempo, um dos canhões por que tanto penamos, símbolo do heroísmo da retirada, obsoleto acabaria servindo para enfeitar o monumento a Taunay em Aquidauana, inaugurado em 1923.

Ainda me dói um pouco pensar que de tudo aquilo, tanto esforço e tanta morte, ficaram apenas um livro e um monumento. Mas hoje, com meu horizonte reduzido a uma última caminhada sem paisagem até uma cova, sei que perdão não é coisa de se pensar ou decidir, mas apenas sentir, sem precisar qualquer anúncio. Se intimamente já não tinha perdoado antes o tenente Taunay, acho que perdoei no dia em que, no começo deste século, apareceu no cartório um velho negro que ficou me olhando; e chegou-se com o respeito humilde dos pobres, chapéu na mão:

— O senhor não é o tenente Rufino? Lembra de mim?

Era o ordenança de Taunay. Conversamos da vida, e descobri que tínhamos em comum ser protegidos de Taunay, a quem ele devia um emprego como eu devia o cartório. De repente o homem encheu os olhos de lágrimas, com um sorriso e um olhar de gratidão voltando ao passado:

— Deus que me perdoe, mas... — me olhou, enxugou sem vergonha os olhos — às vezes eu tenho até saudade daquela guerra, porque foi o melhor tempo da minha vida, tenente.

— Por que, cabo? Por que sentiu que estava fazendo uma coisa importante?

Ele disse que não, que tudo na vida é importante, cada dia que Deus nos dá.

— Eu gostava era de andar com o tenente Taunay.

— Por que, cabo?

— Porque, tenente, o senhor me desculpe, mas ele era o melhor homem que já conheci. Ele fazia a gente ficar importante.

O pessoal do cartório olhava para nós dois ali conversando e enxugando choro.

— Ele falava muito do senhor — o cabo lembrou.

— De mim?!

— Do senhor, sim! Disse muita vez assim: o tenente Rufino é um oficial de valor, João, se alguma coisa me acontecer, procure ficar com ele, que ele vai cuidar de você. Ele se preocupava comigo...

O homem rodou o chapéu nas mãos, disse que lembrava também que o tenente Taunay tinha dito assim um dia: *O tenente Rufino é o herói da nossa retaguarda!*

Depois me apertou a mão e saiu, andando desempenado, sem artrite nem lança de remorso atravessada no peito, aquele companheiro de cinco mil quilômetros de marcha.

Mas não bastou eu perdoar de coração o tenente Taunay. Era preciso que eu fizesse este depoimento, para que a lança saísse do meu peito. A cada notícia do major Taunay, do deputado Taunay, do senador Taunay, do Visconde de Taunay, eu sentia a lança enfiando mais, como a dizer: só tu, só tu te negaste a testemunhar por ele; e, no entanto, de ti ninguém sabe, como nenhuma importância deram às tuas negativas; pois o herói, herói é e será e pronto! Só tu, por amor de uma mulher que não te quis, como tinha todo o direito de não te querer, só tu negaste ao herói a glória, por ciúme![25]

Um simples cabo brasileiro mataria, a lança, o ditador Francisco Solano López. A ti, te mataria a vida toda essa lança feita de ingratidão e rancor. Mas hoje, quase trinta anos depois de Taunay ter deitado na terra, e depois de uma vida de fartura e conforto, me vejo com as dores e achaques da velhice e penso, cada vez mais penso, que aquela campanha foi a melhor coisa que fiz na vida. Salvei crianças e mulheres da morte, meu Deus, cumpri meu dever como soldado, ajudando a marcar, com meus pés, uma fronteira nacional. Fui até o fim, quando pensava que não podia dar mais um pas-

---

[25] Esta última parte meu pai ditou um dia antes de morrer, na cama, com a lata de lembranças sobre o peito. Ditou como se tivesse as palavras de cor, ou, conforme o Latim original, do coração.

so. Fui oficial respeitado pelos soldados debaixo do fogo, e pelos doentes a gemer na agonia, e pelos médicos e cozinheiros; fui enfim um cavalheiro — por que não? — a manter alto o estandarte do exemplo; principalmente graças, reconheço, ao exemplo do tenente Taunay.

E devo reconhecer enfim que, mais que o exemplo de qualquer um de nós, realmente nos valeu, a todos, a tão decantada por Taunay constância do soldado brasileiro; reconhecendo também que a disciplina se deveu a oficiais que souberam dar exemplo de destemor e companheirismo. E mais: reconheço também que devíamos, sim, trazer aqueles canhões, ou não seríamos soldados, e o fato é que soldados éramos todos, ou de profissão ou porque voluntários, o que fazia de todos nós formigas humanas, uniformizadas com a missão, mesmo que suicida, de defender cegamente o formigueiro, a Pátria. Hoje reconheço, depois de ver mais uma guerra, que é preciso, sim, defender a Pátria, pelo menos enquanto a Humanidade não superar os nacionalismos e abolir as fronteiras.

Reconheço, ainda, que o tenente Taunay foi muitas vezes além do dever; como reconheço que a ele devemos, mais que a qualquer outro, a disciplina que nos salvou, como a mim pessoalmente salvou mais de uma vez. E, mesmo convicto de que cada guerra prova apenas, mais uma vez, a estupidez e a fatalidade de todas as guerras, reconheço também que ali, na Retirada da Laguna, se heróis houve foram o guia Lopes, pelos civis, e pelos militares o tenente Alfredo d'Escragnolle Taunay, pela constância e dedicação além do dever, pela habilidade e humanidade, e enfim porque, acima dos homens, os heróis não temem a morte e nos enobrecem a vida, como pensavam os gregos antigos; são semideuses mandados para nos comandar.

Esta lata de bolachas, onde guardo minhas anotações, comprei para fazer o menino esquecer a morte da mãe.

Aqui guardei minhas anotações e aqui está também uma foto que deve ir junto com este depoimento. É uma foto que tiramos os três na chegada em Aquidauana, por insistência de Taunay:

— Uma foto, tenente Rufino, não custa nada! Três heróis!

Ele, eu e o 47; nosso velho cavalo, feliz no meio de nós dois, olhando para a posteridade com muita pose, como também Taunay, enfarpelado em farda nova, chapéu novo na cabeça para esconder o cabelo escovinha recém-despiolhado. O 47 nunca mais vi, porque ele não era da Infantaria e eu não era da Cavalaria, a cada um nos deram um rumo. Taunay eu veria ainda em jornais e revistas, e durante anos receberia dele, por ocasião do Natal, um cartão com algumas belas palavras, *ao inesquecível companheiro de inesquecíveis momentos* etecétera.

Hoje me arrependo de nunca ter procurado aquele que me garantiu, por pura bondade, boa vida e velhice segura.

Se me contassem, não acreditaria que aquele menino, filho de Maria, me sairia um escrivão dos melhores e, mais ainda, um homem bom, que aos poucos me ensinaria inclusive a perdoar. Ficará com o cartório, em paga me ouvindo e escrevendo este relato, que faço para tirar do peito minha lança; ou, como gostaria Taunay, por uma questão de honra[26].

---

[26] Este relato de meu pai, taquigrafado, ficou anos à espera de tempo e paciência para que eu transcrevesse, sempre me desculpando com a rotina do cartório ou com o cansaço nas férias, como já contei. E durante anos me perseguiu a insônia, que eu atribuía ao trabalho. Qual não foi minha surpresa quando, finalmente, resolvi cumprir o prometido, transcrevendo a taquigrafia, e aquela insônia, que desafiou a todos os especialistas, desapareceu. Enfim me achei em situação semelhante à de meu pai, que tirou a sua lança só no final da vida — pois também

já sou um velho, chego à velhice vendo uma guerra mundial, com esse Hitler que nem o diabo parecia capaz de inventar. Entrego este relato, com as anotações de campanha do tenente Rufino, seu sabre e sua pistola enferrujados, aos cuidados do Exército, em obediência a seu desejo. Quero registrar, também, que no verso da foto em que aparecem os três, Taunay, Rufino e o 47, há uma dedicatória: *Ao meu amigo tenente Rufino, o afeto do tenente Taunay.* Também há uma carta, em que Taunay lamenta mais uma vez meu pai ter faltado a um jantar de veteranos, dizendo que *ficaram sem o grande herói da retirada, o único que lutou de sabre numa mão e criança no outro braço.* Há ainda outra foto, apenas do tenente Rufino, montado no 47 comigo menino no colo, e dedicatória datada de um dia antes da morte de Taunay em 1899: *Ao tenente Taunay, o afeto do amigo tenente Rufino.* Presumo que ele estava disposto a procurar Taunay, quando este morreu, o que talvez tenha enfiado mais fundo a lança, fazendo enfim surgir, anos depois, este relato. Espero que o Exército tenha para estas coisas afetivas e históricas algum uso, ou por elas tenha algum apreço. E não posso deixar de registrar que, na guerra mundial de 1914-18, meu pai, que já então ia ao cartório só para ler os jornais, espantava-se com as notícias do emprego do avião como arma de guerra, com o uso dos gases venenosos, o poder das novas bombas, a metralhadora, os canhões de retrocesso, a podridão da guerra nas trincheiras; mas dizia que, mesmo com tantas novas e tão terríveis armas, o que mata mesmo na guerra é o ódio. *A desconfiança, a ignorância e o ódio andam de mãos dadas, fazendo as guerras* — dizia — *mas vai chegar o dia em que o mundo vai ficar tão pequeno, que os povos vão ter de se conhecer, e se conhecendo se compreenderão, confiarão uns nos outros e sempre se perdoarão, como acontece entre amigos, até porque o ódio é violento, intenso, e passa, vencido pelo tempo; enquanto o mesmo tempo só fortalece e faz vencer, sempre que lhe derem chance, a amizade entre os homens como entre os povos.*

AUTOR E OBRA

"No antigo ginásio, certa vez o professor de Ciências, falando sobre as doenças causadas pela carência de vitaminas, lembrou da Retirada da Laguna" — recorda Domingos Pellegrini.

"Anos depois, no Tiro de Guerra, o sargento um dia falou muito da heróica Retirada da Laguna, o que pareceu puro ufanismo militar, orgulhar-se duma retirada... Até que, quase trinta anos depois, o livro do Visconde de Taunay me cai nas mãos, leio de enfiada e me emociono a ponto de escrever *Questão de honra* em nove dias corridos, como se fosse uma marcha batida, como as marchas da Coluna do Mato Grosso em sua retirada bizarra e épica, por isso tão brasileira."

Pellegrini lembra ainda que serviu o Exército, cursando o Tiro de Guerra, no agitado ano de 68, quando também fazia política clandestina contra a ditadura e militava em partido que pregava a tomada do poder pela luta armada: "De manhã eu era soldado, à tarde era estudante, à noite era revolucionário. Hoje na marcha, amanhã na passeata. E vi que de um lado e de outro, entre militares e revolucionários, havia gente boa e gente ruim, patriotas e aproveitadores, corajosos e covardes, brutos e humanos, homens de honra e aventureiros".

"Hoje não tenho nenhuma esperança ou confiança de que qualquer ação armada, por melhor que seja sua intenção, possa melhorar a Humanidade, ao contrário. Tornei-me um cidadão democrata, para quem as Forças Armadas e policiais devem se ater a seus deveres constitucionais de manter a soberania nacional e a ordem democrática, e as oposições devem lutar pelo voto para conquistar o poder. E, civil ou soldado, o importante é ser gente, é sentir amor, conquistar — como paz para si mesmo — o perdão, e na amizade refugiar-se da guerra de sentimentos, que mata a longo prazo, ao contrário da guerra normal..."